KB155735

# 아Q정전

The Classic Books

# 아Q정전

루쉰

북로드

아Q정전

# 제1장

# 머리말

내가 아Q의 정전(正傳)을 써야겠다고 마음먹은 것도 벌써 한두 해 일이 아니다. 그러나 막상 쓰려고 하다가도 번번이 망설이는 것을 보면, 내가 그다지 후세에 길이 남을 글을 쓸 만한 문장가는 못 된다는 것을 알 수 있다. 옛날부터 불후의 인물에 대한 정전은 대개 불후의 문장가가 써오지 않았던가. 글을 통해 사람이 전해지고, 글은 또 사람을 통해 전해지는데, 나중에는 대체 누가 누구에 의해 전해지는지 점점 모호해진다. 그런데도 내가 아Q에 대한 정전을 쓰기로 작정한 것을 보면, 아무래도 귀신에 홀린 것 같기도 하다.

그런데 불후의 문장은커녕 금방이라도 썩어 없어져 버릴 그런 글이라도 한번 써보려고 붓을 들었건만, 어려운 점이 한두

가지가 아니다.

첫째는 글의 제목이다. 일찍이 공자는 "제목이 바르지 못하면 말 또한 잘되지 않는다."(《논어》에 나오는 말이다.—옮긴이)고 했다. 이것은 세심히 신경 써야 할 부분이다.

전기에는 여러 종류가 있다. 열전(列傳), 자전(自傳), 내전(內傳), 외전(外傳), 별전(別傳), 가전(家傳), 소전(小傳)……. 그러나 유감스럽게도 내가 쓰려고 하는 글에 적합한 것이 없다. '열전'이라고 하자니 이 한 편의 글이 수많은 위인들과 함께 '정사(正史)'에 낄 수 있는 것도 아니고, '자전'이라고 하자니 내가 아Q 본인이 아니다. 또 '외전'(정사에 오른 인물들에 대한 또 다른 전기—옮긴이)이라고 한다면 '내전'은 도대체 어디에 있느냐고 할 것이며, '내전'(《한무내전(漢武內傳)》이라는 소설은 한 무제가 신선을 구한 고사를 적은 것이다.—옮긴이)이라고 하자니 아Q가 무슨 신선 축에 낄 만한 인물도 아니다. 그렇다면 '별전'은 어떠냐고? '별전'을 쓰려면 '본전(本傳)'이 있어야 할 텐데, 이제껏 대총통(大總統, 중화민국 국가 원수 칭호—옮긴이)께서 국사관(國史館, 국사 편찬 기구—옮긴이)에 아Q의 본전을 쓰라고 명한 적이 단 한 번도 없다. 물론 영국의 역사책 중에 도박꾼을 다룬 열전이 없는데도, 대문호 디킨스는 《박도별전(博徒別傳)》(코난 도일의 《로드니 스톤(*Rodney Stone*)》을 디킨스의 작품으로 착각했다.—옮긴이)을 썼다. 하지만 그것은 디킨스 같은 대문호이니 할 수 있는 일이지, 나 같은 사람은 어림도 없다. 그다음으로 남은 것이 '가전'(한 집안의 공적을 적은 기록—옮긴이)인데, 내가 아Q와 같은 집안인지도 알 수 없고, 그의 자손이 부탁한 적도 없다. '소전'으로 하려고 해도, 아Q에게는 '대전(大傳)' 따위 더더욱 없다. 결국 이 한 편의 글에는 '본전(本傳)'이라는 명칭이 가장 알맞겠으나, 짐수레꾼이나 된장 장수들이나 쓰는 천박한 문장에 감히 그런 명칭을 붙일 수 없다.

그래서 삼교구류(三敎九流, 3교란 유교, 불교, 도교, 9류란 유가, 도가, 음양가, 법가, 명가, 묵가, 종횡가, 잡가, 농가를 가리킨다.—옮긴이)에도 끼지 못하는 소설가들이 흔히 말하는 "이쯤에서 여담은 접고 정전(正傳)에 따라 말해야 한다"에서 두 글자를 따와 제목으로 쓰려 한다. 물론 옛사람이 쓴 《서법정전(書法正傳)》의 정전과 혼동할 수도 있겠지만 그것까지 신경 쓸 수는 없다.

둘째는 전기를 쓸 때 보통 "아무개의 이름이 무엇이고, 어디 사람이다"로 시작하게 마련인데, 나는 아Q의 성이 무엇인지 모른다. 한번은 그의 성이 자오(趙)라고 생각했는데, 다음 날이 되니 그것도 아닌 것 같았다.

자오 영감의 아들이 과거에 급제했을 때였다. 온 마을에 징 소리와 함께 그 소식이 퍼지자, 마침 황주(黃酒)를 두어 잔 들이켠 아Q가 별안간 덩실덩실 춤을 추면서 자신에게도 매우 자랑스러운 일이라고 말했다. 자기가 본래 자오 영감과 한집안 사람으로, 이번에 과거 급제한 그 아들보다 자기가 항렬이 더 높아서 증조할아버지뻘 된다는 것이었다. 그 말을 듣고 주위 사람들이 정중한 태도를 취하더니 아Q에게 경의를 표하기까지 했다. 그런데 이튿날 지보(地保, 중화민국 초기에 지방 관청을 도와 업무를 처리하던 사람—옮긴이)가 와서 아Q를 자오 영감 댁으로 데리고 갔다. 자오 영감은 아Q를 보자마자 얼굴이 붉으락푸르락하면서 큰 소리로 호통을 쳤다.

　　"아Q, 네 이놈! 네가 나하고 한집안 사람이라며 떠벌리고 다녔겠다?"

　　아Q는 한마디도 하지 못했다.

　　그러자 자오 영감은 더욱 울화가 치미는지 몇 발짝 앞으로 나와서 말했다.

　　"네놈이 감히 그따위 소리를 함부로 지껄여! 내가 어떻게 네놈과 한집안이란 말이냐! 네놈 성이 자오라도 되더냐?"

아Q는 입을 꾹 다문 채 뒤로 물러서려 했다. 그러자 자오 영감이 달려들어 그의 뺨을 냅다 후려갈겼다.

"네놈 성이 어떻게 자오란 말이냐! 너 같은 놈의 성이 자오라니, 그게 가당키나 한 소리냐!"

아Q는 자기 성이 자오라고 주장하지도 못하고, 그저 손으로 왼쪽 뺨만 문지르면서 지보와 함께 집을 나갔다. 그리고 밖에서 다시 지보한테 한바탕 훈계를 듣고, 사죄의 표시로 2백 문(文, 엽전 세는 단위―옮긴이)의 술값을 바쳤다. 이 소식을 듣고 마을 사람들 모두 아Q가 엉뚱한 소리를 지껄여서 스스로 매를 벌었으며, 아마도 자오 씨가 아닐 것이다, 그리고 설사 자오 씨가 맞다 하더라도 자오 영감이 이곳에 사는 한 그렇게 함부로 지껄여서는 안 된다고 말했다. 그 후로는 아무도 그의 성씨에 관해 이러쿵저러쿵하지 않았다. 그래서 나도 결국 아Q의 성이 무엇인지 알 수 없었다.

셋째로, 나는 아Q의 이름을 어떻게 쓰는지도 모른다. 그가 살아 있을 때 사람들은 그를 '아퀘이(Quei)'라고 불렀는데, 죽은 뒤에는 아무도 그렇게 부르지 않았다. 물론 그의 이름이 죽백(竹帛, '서적'을 말한다.―옮긴이)에 남겨질 일도 없다. 죽백에 새겨지는 것은 아마도 이 글이 처음이리라. 그러니 이런 난관에 부딪힐 수밖에.

아퀘이(Quei)가 계수나무 계(桂) 자를 써서 아구이(阿桂)인지, 귀할 귀(貴) 자를 써서 아구이(阿貴)인지 알 수가 없다. 그의 호가 위에팅(月亭)이라든가, 또는 그의 생일이 8월이라면, 틀림없이 계수나무 계 자를 써서 아구이(阿桂)일 것이다. 그런데 그에게는 그런 호가 없고(호가 있었는지도 모르지만 어쨌든 아는 사람이 없다), 또 생일 축사를 받으려고 청첩장을 돌린 적도 없었으니 독단적으로 계수나무 계 자를 쓸 수도 없다. 부자 부(富) 자를 쓰는 '아푸(阿富)'라는 형제가 있다면, 그의 이름은 귀할 귀 자를 쓰는 아구이일 것이다. 하지만 형제 없는 외아들이니 귀할 귀 자를 썼다는 근거도 없다. 이 밖에도 퀘이(Quei)와 발음이 비슷한 희귀한 한자들이 있기는 하지만, 그런 글자들은 더더욱 맞지 않다.

한번은 자오 영감의 아들 수재(秀才, 과거에 급제한 사람을 일컫는다.—옮긴이)에게 물어본 적도 있다. 그러나 이런 박식한 사람조차 두 손을 들고 말았다. 결국 그는 천두슈(陳獨秀)가 잡지 《신청년(新靑年)》에서 서양 문자를 사용하자고 주장하는 바람에 나라의 전통문화가 사라져 더 이상 고찰해볼 도리가 없다고 결론 내렸다.

마지막으로 나는 고향 사람에게 아퀘이의 범죄 기록을 조사해

달라고 부탁했다. 그리고 8개월 뒤 연락을 받았는데, 조서에는

아퀘이(Quei)와 발음이 비슷한 이름을 찾을 수 없다는 것이었다.

정말로 없는지, 아니면 찾아보지도 않았는지 알 수 없으나, 나

로서도 더 이상 알아볼 방법이 없었다.

　　그래서 결국 중국어 발음의 영어 표기법에 따라 '아퀘이(Quei)'

라 쓰기로 하고, 간략히 줄여서 '아Q'라고 했다. 주음자모(注音字

母, 중국어 표음 기호―옮긴이)를 거부하는 사람들이 많아서 보편적으

로 쓰이지 않으니 부득이 서양 문자를 사용한 것이다. 마치《신

청년》을 맹종하는 것 같아 유감스럽지만 수재조차 모르는 일인

데 난들 어쩌겠는가?

　　넷째는 아Q의 본적이다. 그의 성이 자오라면, 요즘 어느 지방

명문가 출신이라고 말하기 좋아하는 사람들처럼《군명백가성

(郡名百家姓)》(성씨와 해당 성씨가 나온 지역을 표기한 책―옮긴이)에 나오는 주

석대로 "룽시(隴西) 텐슈이(天水) 사람이다."라고 말할 수 있겠지만,

아쉽게도 정확한 성을 모르니 본적 또한 확실히 알기 어렵다.

　　그는 웨이좡(未莊)에서 오래 살기는 했지만, 다른 곳에서 산 적

도 많았기 때문에 웨이좡 사람이라고 할 수도 없다. 무턱대고

"웨이좡 사람이었다."고 하는 것은 역사는 사실 그대로 써야 한다는 원칙에 어긋나는 일이다.

조금이나마 위안으로 삼을 수 있는 것은, '아Q'의 '아(阿)' 자는 확실하다는 것이다. 아무거나 제멋대로 갖다 붙였다거나 남의 것에서 따오지도 않았으니 어떤 역사학자 앞에서도 떳떳할 수 있다. 하지만 나머지는 배움이 얕은 내가 도저히 결론 내릴 수 없는 문제이니, 역사나 고증을 파고드는 것을 즐기는 후스(胡適, 20세기 초의 중국 사상가—옮긴이) 선생의 제자들이 앞으로 새로운 단서를 많이 찾아내기를 바랄 뿐이다. 물론 그때쯤이면 내가 쓴《아Q정전》은 이미 사라지고 없을지도 모르지만.

이상 머리말이다.

# 제2장

# 승리의 기록

아Q는 이름이나 본적도 분명치 않은 데다, 생전에 어떤 사람이었고 어떤 일들을 했는지도 확실하게 알려진 것이 없다. 왜냐하면 웨이좡 사람들 사이에서 아Q는 단지 바쁠 때 일을 거들어 주거나 웃음거리로 삼는 존재일 뿐, 아무도 그가 어떤 사람인지 관심이 없었기 때문이다. 물론 아Q도 자신에 대해 이런저런 이야기를 하지 않았다. 다만 가끔 사람들과 말다툼을 할 때면 눈을 부릅뜨고 이렇게 말하곤 했다.

"옛날에는 나도…… 네놈보다 훨씬 잘살았다고! 네놈이 감히 나한테!"

집도 없었던 아Q는 웨이좡에서 토지신과 곡식신을 모신 사당에 살았다. 그는 일정한 직업도 없이 이집 저집 전전하며 날품팔이를 했다. 보리를 베라면 보리를 베고, 벼를 찧으라면 벼를 찧고, 배를 저으라면 배를 저었다. 일이 많을 때는 주인집에 며칠 머물기도 했지만, 일이 끝나면 사당으로 돌아갔다. 마을 사람들은 바쁠 때 아Q를 찾기는 했지만, 단지 일을 시키려는 것뿐이지 그에 대해 알고 싶어서 그런 건 아니었다. 일이 없어 한가한 철이면 아Q라는 사람이 있는지조차 까먹을 정도였으니, 그가 어떤 사람이었는지는 더더욱 알 리가 없다.

한번은 마을 노인이 그를 보며, "아Q가 일을 참 잘하는구먼!"이라고 칭찬한 적이 있다.

그때 아Q는 웃통을 벗은 채 깡마른 모습으로 서 있었는데, 다른 사람들은 진심으로 한 말인지 아니면 비웃는 것인지 알쏭달쏭했지만, 아Q는 이 말을 듣고 몹시 좋아했다.

아Q는 자존심도 엄청나게 강해서 웨이좡 사람들 따위 안중에도 없었고, 심지어 과거를 준비하는 두 도령조차 별것 아니라는 식으로 여겼다. 글방 도령들은 장차 과거에 급제할 사람들이었는데도 말이다. 자오 영감이나 첸(錢) 영감이 마을 사람들에게 존경받는 것도 그들이 부자이기도 했지만 아들들이 장차 과거에 급제할 것이기 때문이기도 했다. 하지만 아Q는 그들을 존경하지 않았으며, 심지어 '내 아들은 훨씬 더 나을걸'이라고 생각했다.

성내에 몇 번 들어갔다 온 뒤로 아Q는 더욱 으스대며 거만하게 굴었다. 그는 성내에 사는 사람들조차 얕잡아 보았다. 예를 들어 폭이 세 치에 길이가 석 자쯤 되는 나무 의자를 웨이좡에서는 '긴 의자'라고 부르고 아Q 자신도 그렇게 부르는데, 성내 사람들은 그것을 '가는 의자'라고 부른다는 것이었다. 아Q는 말도 안 되는 웃기는 일이라고 생각했다. 또한 웨이좡에서는 기름에 튀긴 대구에 반 치 길이로 파를 썰어서 얹는데, 성내에서는 파를 가늘게 채썰기로 썰어 얹는다는 것이었다. 그는 이것도 말도 안 되는 웃기는 일이라고 생각했다. 그가 보기에 웨이좡 사람들은 세상 물정 모르는 같잖은 인간들이었고, 성내 사람들은 튀긴 생선도 먹어보지 못한 인간들이었다.

요컨대 아Q는 옛날에는 잘살았고, 아는 것도 많으며, 일도 잘하는, 전혀 나무랄 데 없는 완벽한 인물인 셈이었다. 하지만 애통하게도 그의 몸에는 조그만 결함이 있었다. 가장 성가신 것은 언제부턴가 그의 머리에 생긴 나두창(위장 계통의 열 때문에 머리에 나는 부스럼으로 나병과 비슷하다.─옮긴이) 자국이었다. 아무리 콧대 높은 아Q

도 자기 몸에 난 부스럼 자국만은 무척 부끄러웠다. 그래서 그는 나두창의 '나(癩)' 자나 '뇌(賴)' 자와 비슷한 말은 무조건 싫어했고, 점점 범위를 넓혀 '광(光)'이나 '량(亮)' 자까지 꺼리더니, 급기야 '등(燈)' 자나 '촉(燭)' 자까지 질색하는 것이었다. 그래서 고의든 아니든 간에 사람들이 조금이라도 그런 말들을 입에 올리면, 아Q는 나두창이 드러난 머리가 온통 시뻘게지도록 노발대발했다. 그것도 상대를 봐가면서, 어눌하다 싶으면 욕지거리를 퍼붓고, 힘이 약해 보인다 싶으면 두들겨 패는 것이었다. 하지만 어떻게 된 일인지 아Q가 질 때가 많았다. 그래서 그도 점점 생각을 바꿔서, 이제는 눈을 부릅뜨고 노려보기만 했다.

그런데 아Q가 이렇게 상대를 노려보는 쪽으로 태도를 바꾸자 웨이좡의 할 일 없는 건달들이 더욱 재미있어하며 그를 놀려대기 일쑤였다. 그들은 아Q가 지나가면 일부러 놀란 척 이렇게 말했다.

"우아, 주위가 환하구먼!"

그러면 아Q는 언제나 그렇듯이 불끈해서 눈을 부릅뜨고 그들을 노려보았다.

"오호, 그러고 보니 등불이 있었네!"

그들이 조금도 두려워하지 않고 놀려대자, 아Q는 보복할 만한 다른 말을 생각해내야 했다.

"네깟 것들한테는 이것도……."

이때만큼은 자기 머리에 난 나두창 자국이 특별하고 또 영광스러운 흉터처럼, 결코 평범하지 않은 것으로 여겨졌다. 그러나 앞에서도 말했듯이 아Q는 식견이 높은 사람인지라, 자기 같은 사람은 그런 말을 해서는 안 된다는 것을 깨닫고 입을 다물었다.

하지만 할 일 없는 건달들은 이 정도에서 그치지 않고 그를 계속 놀리다가 끝내는 주먹질까지 했다. 물론 아Q가 졌다. 건달들은 아Q의 변발을 움켜쥐고 네다섯 번이나 쿵쿵 소리가 나도록 담벼락에 박고는 아주 의기양양해서 돌아갔다. 아Q는 잠시 우두커니 서서 마음속으로 생각했다.

'자식 놈에게 맞은 셈이군. 정말이지 말세라니까……."

그러고는 자기가 이기기라도 한 것처럼 흡족한 기분으로 돌아갔다.

그런데 아Q는 이렇게 마음속으로만 생각했던 것을 나중에는 입 밖에 내고 말았다. 그래서 아Q를 놀리는 사람들은 그의 이런 '정신적 승리법'을 알게 되자, 그의 변발을 움켜잡고 이렇게 말하는 것이었다.

"아Q, 이건 자식 놈이 아비를 때리는 것이 아니라 사람이 짐승을 때리는 거야. 자, 말해봐. 사람이 짐승을 때리는 거라고."

아Q는 양손으로 자기의 변발을 움켜잡고 고개를 비틀며 소리쳤다.

"버러지를 때린다고 하는 건 어떠냐? 나는 버러지다! 이래도 안 놔줄 거냐?"

하지만 자신을 버러지라고 해도 건달들은 그를 놓아주지 않고, 대여섯 번이나 담벼락에 그의 머리를 쿵쿵 박고 나서야 흡족해하며 의기양양하게 돌아갔다. 그리고 아Q가 이번에야말로 혼쭐이 났다고 생각했다. 하지만 10초도 못 되어 아Q 역시 흡족한 기분으로 의기양양하게 돌아갔다. 그는 자신이야말로 스스로를 경멸하는 데 있어 일인자라고 생각했다. 여기서 '스스로를 경멸하는'이라는 말만 빼면 어쨌든 '일인자'이니, 세상의 으뜸이라는 것이다. 장원급제도 일인자 아닌가? "네깟 놈들이 뭐가 잘났다고 감히?"

아Q는 이렇게 기묘한 방법으로 승리감에 젖어 술집으로 달려가 술을 몇 잔 들이켜고, 그곳에서 또 다른 사람들과 시시덕

거리거나 한바탕 말싸움을 하고는, 거기서도 승리를 거두고 즐거운 마음으로 사당으로 돌아가 대충 쓰러져 잠들었다.

돈이라도 생길라치면 아Q는 야바위 노름을 하러 갔다. 아Q는 얼굴이 온통 땀에 젖은 채 사람들 무리에 끼어 땅바닥에 쭈그리고 앉아 가장 큰 목소리로 외쳤다.

"청룡에 4백!"

"자, 자, 뚜껑을 엽니다!"

야바위꾼 역시 땀투성이 얼굴로 뚜껑을 열면서 노래를 흥얼거렸다.

"아, 천문(天門)이다! 각(角)은 비켜 갔네요. 인(人)과 천당(穿堂)은 아무도 없고요. 아Q는 돈을 주시오!"

"천당에 백! 아니, 150!"

이렇게 아Q의 돈은 노랫가락을 따라 점차 땀투성이 얼굴의 그 사람 허리춤으로 들어가 버리고 말았다. 그러다 결국에는 사람들 틈에서 밀려나 뒤에서 구경이나 하면서 남들의 내기에 열을 올리다가 노름판이 파하면 아쉬운 마음으로 사당에 돌아갔다. 그리고 이튿날이면 또다시 눈두덩이 퉁퉁 부은 채로 일하러 나갔다.

그런데 인간사 새옹지마(塞翁之馬)라고, 아Q도 딱 한 번 노름판에서 돈을 딴 적이 있기는 했지만, 결국은 다 잃고 말았다.

웨이좡 마을에서 굿이 벌어지던 밤이었다. 늘 그렇듯 그날 밤에도 연극이 공연되었고, 무대 옆에서는 군데군데 야바위 노름판이 벌어졌다. 연극에서 울리는 징 소리와 북소리가 아Q의 귀에는 들어오지 않았다. 거의 10리 밖에서 나는 소리 같았다. 그에게는 오직 야바위꾼의 노랫가락만 들릴 뿐이었다. 아Q는 연달아 돈을 따는 바람에 동전들이 작은 은전으로 바뀌어 산더미처럼 쌓였다. 그는 신이 나서 어쩔 줄을 몰랐다.

"천문에 은전 두 냥!"

그때 고함과 욕설, 때리는 소리, 발로 차는 소리가 들렸다. 싸움이 벌어졌는데 누가 무슨 일로 싸우는지는 몰랐다. 한바탕 소란이 벌어졌고 아Q가 정신을 잃었다가 겨우 일어나 보니 노름판과 사람들이 온데간데없이 사라져 버렸다. 온몸 구석구석 욱신거리는 것을 보니 아마도 주먹질과 발길질을 당한 것 같았다. 몇몇 사람들이 놀란 얼굴로 그를 쳐다보았다.

아Q는 정신이 나간 듯 허탈한 기분으로 사당에 돌아왔다. 겨우 정신을 차리고 나서야 그는 수북이 쌓여 있던 은전이 몽땅 없어졌다는 것을 깨달았다. 굿이 있는 날 노름판을 벌이는 야바위꾼들은 대개 이 고장 사람이 아니니, 도대체 어디 가서 그놈들을 찾는단 말인가?

새하얗게 번쩍이던 은전 더미! 그게 다 그의 것이었는데, 도대체 어디로 사라졌단 말인가? 아들놈에게 빼앗겼다고 쳐도 기분이 여전히 찜찜했다. 나는 버러지라고 생각해봐도 쓸쓸하기는 마찬가지였다. 이번만은 조금이나마 패배의 고통을 맛볼 수밖에 없었다.

그러나 아Q는 곧 패배를 승리로 바꾸었다. 그는 오른손을 들어 자기 뺨을 연거푸 두 번이나 힘껏 때렸다. 얼얼한 것이 조금 아프기는 했지만 마음이 후련했다. 때린 것은 자신이고, 맞은 것은 자기가 아닌 것 같았다. 그리고 잠시 뒤 자신이 다른 사람을 때린 듯한 기분이 들었다. 그제야 아Q는 흡족한 기분으로 승리감에 젖어 자리에 누웠다.

그는 그렇게 잠들었다.

# 제3장

## 승리의 기록(속편)

항상 승리를 거두기는 했지만, 정작 아Q의 승리가 유명해진 것은 자오 영감에게 뺨을 얻어맞았을 때였다.

지난번 아Q는 지보에게 술값으로 2백 문을 뺏기고 식식거리며 사당으로 돌아와 자리에 누워 이런 생각을 했다.

'세상 돌아가는 꼴이 말이 아니야. 말세야, 말세! 자식 놈이 아비를 패다니…….'

그러자 문득 자오 영감의 위풍당당한 모습이 생각났고, 자오 영감이 자기 아들이라고 상상하니 점점 기분이 우쭐해지는 것이었다. 아Q는 자리에서 벌떡 일어나 '청상과부 성묘 가네'라는 노래를 부르며 술집으로 갔다. 그때만큼은 자오 영감이 다른 사람들보다 훨씬 더 고귀한 사람이라는 생각이 들었다.

그런데 묘하게도 그 뒤부터 다른 사람들이 특별히 존경하는 눈으로 아Q를 대하는 것 같았다. 아Q는 자신이 자오 영감의 아버지뻘이니 당연하다고 생각했을지 모르지만, 사실은 그렇지 않았다.

웨이좡 마을에서는 아치(阿七)가 아바(阿八)를 때렸다거나, 장싼(張三)이 리쓰(李四)를 때린 일은 그다지 큰 사건이 아니었다. 사람들 입에 오르내리려면 자오 영감 같은 유명한 사람과 관계되는 일이어야 했다. 일단 사람들 입에 오르내리면, 때린 사람뿐 아니라 맞은 사람도 유명해지는 것이었다. 당연히 아Q가 잘못했다. 왜냐하면 자오 영감 같은 사람이 잘못했을 리 없기 때문이다. 이렇게 아Q가 잘못했는데도 왜 사람들은 갑자기 그를 존경하게 되었는지 이해할 수 없었다. 굳이 헤아려보자면, 아Q가 자오 영감과 한집안 사람이라고 말했다가 실컷 두들겨 맞기는 했지만, 그래도 혹시나 아Q의 말이 사실인지도 모른다는 생각이 들었던 모양이다. 그러니 나중을 위해서라도 존경하는 태도를 보이는 편이 낫다고 여겼던 것이다. 그렇지 않다면 공자의 사당에 바친 제물과 비슷하다고 할 수 있다. 제물이라고 한들 돼지나 양 같은 가축이지만, 일단 성인(聖人)이 젓가락을 댄 것이라하면 선비들도 감히 함부로 손대지 못하는 것과 같은 이치다.

그러고 나서 몇 년 동안 아Q는 득의양양하게 지냈다.

어느 봄, 아Q가 얼근히 술에 취해 길을 걸어갈 때였다. 담벼락 밑 양지바른 곳에서 왕 털보가 윗옷을 다 벗고 이를 잡고 있었는데, 그것을 보는 순간 아Q도 갑자기 몸이 근질근질한 것이었다. 왕 털보는 털북숭이인 데다 나두창까지 있어서 사람들이 왕 나두창 털보라고 불렀다. 물론 아Q는 '나두창'이라는 말을 빼고 그냥 왕 털보라고 부르며 그를 몹시 업신여겼다. 아Q의 생각을 말하자면, 나두창이야 별 이상할 것 없지만, 그 덥수룩한 구레나룻과 턱수염은 정말 이상하고 보기 싫다는 것이었다.

아Q는 왕 털보 곁에 나란히 앉았다. 다른 사람들 같으면 감히 옆에 앉을 엄두도 못 냈겠지만 아Q는 겁날 것이 없었다. 되레 자기가 그의 옆에 앉는 것만으로 그를 높여주는 것이라고 생각했다.

아Q도 해진 윗옷을 벗어 뒤집어보았다. 하지만 목욕을 해서 그런지, 아니면 자세히 보지 않아서 그런지 한참을 살펴봐도 겨우 서너 마리밖에 잡지 못했다. 그런데 왕 털보는 한 마리, 또 한 마리, 어떤 때는 두세 마리씩 입속에 넣고 톡톡 소리를 내며 깨

무는 것이었다.

　실망스러워하던 아Q는 급기야 화가 치밀었다. 꼴같잖은 왕
털보도 그렇게 많이 잡는데 자기는 몇 마리 되지 않으니 체면이
말이 아니었다. 아Q는 큰 놈으로 두세 마리 잡아보려고 윗옷을
샅샅이 살펴보았지만 도무지 찾을 수 없었다. 그러다 겨우 중간
크기쯤 되는 놈으로 한 마리 잡아 분하다는 듯 두툼한 입속에
집어넣고 있는 힘껏 깨물었다. 그런데 겨우 부드득 소리만 날
뿐 왕 털보에 비하면 하잘것없었다.

　나두창 자국까지 새빨개진 아Q는 결국 옷을 땅바닥에 내동
댕이치고 침을 퉤 뱉으며 말했다.

　"이 털북숭이 버러지 놈!"

　"이런 개 같은 놈이 누구한테 욕지거리야?"

　왕 털보도 같잖다는 표정으로 눈을 치뜨고 말했다.

　요즘 들어 비교적 마을 사람들의 존경을 받으면서 꽤 우쭐해
하던 아Q이지만 사람 때리는 일쯤 대수롭지 않게 여기는 마을
사람들을 만나면 으레 겁먹기 일쑤였다. 그런데 이번에는 아Q
도 용감하게 나섰다. 털북숭이 놈이 감히 나한테 주둥이를 함부
로 놀리다니!

"누구라니, 몰라서 물어?"

아Q는 일어서서 양손으로 허리를 짚고 소리쳤다.

"이놈이 한 대 맞고 싶은가 보구나?"

왕 털보도 일어나서 윗옷을 걸치며 말했다.

아Q는 그가 도망치려는 줄 알고 재빨리 달려들면서 주먹을 휘둘렀다. 하지만 그 주먹은 왕 털보의 몸에 닿기도 전에 잡히고 말았다. 왕 털보가 주먹을 잡고 당겼을 뿐인데도 아Q는 비실비실 끌려갔다. 급기야 왕 털보가 아Q의 변발을 움켜쥐고 담벼락에 머리를 박았다.

"자고로 군자는 말로 하지, 손을 쓰지 않는 법이다!"

아Q는 머리를 뒤틀며 소리쳤다. 그러나 왕 털보는 군자가 아닌지라, 아Q의 말에 전혀 개의치 않고 연거푸 다섯 번이나 머리를 벽에 박고는 냅다 밀쳐버렸다. 아Q가 저만치 나가떨어지자 왕 털보는 비로소 분이 풀린다는 표정으로 자리를 떠났다.

아Q가 기억하는 한 이것은 평생 가장 굴욕적인 사건이었다. 왜냐하면 아Q는 털북숭이라는 이유로 왕 털보를 놀리기는 했지만, 왕 털보는 아Q를 비웃은 적이 한 번도 없었고 더구나 완력을 쓰는 것은 더 말할 것도 없었기 때문이다. 그런 그가 자신에게 완력을 휘두르다니, 정말 뜻밖의 일이었다. 사람들 말대로, 황제가 과거제도를 폐지해서 수재나 거인(擧人, 향시에 합격한 사람—옮긴이)이 사라지는 바람에 자오 가문의 권세도 땅에 떨어져 아Q를 얕잡아 보는 것일까?

아Q는 어쩔 줄을 모르고 우두커니 서 있었다. 그때 저쪽에서 누군가 걸어왔다. 또다시 그의 적수가 나타난 것이다. 그는 아Q가 가장 싫어하는 사람으로, 첸 영감의 맏아들이었다.

그는 예전에 성내에 있는 서양 학당에 다니다가, 무슨 까닭인지 갑자기 일본으로 건너갔다. 그리고 반년이 지나 귀국했을 때는 서양 사람들처럼 다리를 곧게 펴서 걷고 변발마저 하지 않았다. 그 모습을 보고 그의 어머니가 열 번도 넘게 대성통곡을 했고, 그의 아내는 세 번이나 우물에 뛰어들었다. 그의 어머니는 어디를 가나 이렇게 말했다.

"글쎄, 술에 잔뜩 취했을 때 나쁜 놈들이 변발을 잘라버렸다는구먼. 높은 벼슬에 오를 아이였는데, 어서 머리가 자라기를 기다리는 수밖에……."

하지만 그 말을 믿지 않았던 아Q는 그를 '가짜 양놈' 아니면 '양놈 앞잡이'라고 부르면서, 그를 볼 때마다 속으로 저주를 퍼부었다.

아Q가 특히 참을 수 없었던 것은 그의 가짜 변발(변발이 없으면 관리가 될 수 없기 때문에 가짜 변발이 붙은 모자를 썼다.—옮긴이)이었다. 가짜 변발을 했다는 것은 이미 사람으로서 자격을 잃은 것이나 마찬가지였다. 또 그의 아내가 세 번만 우물에 뛰어들고 네 번째로 뛰어들지 않은 것을 보면, 그녀도 훌륭한 여자라고 할 수 없다고 생각했다.

바로 그 '가짜 양놈'이 다가오고 있었다.

"저 중대가리, 당나귀 같은 놈……."

지금까지 아Q는 속으로만 욕을 퍼부었지 입 밖으로 내뱉은 적이 없다. 하지만 이때는 어찌나 울화가 치밀고 복수심까지 끓어오르던지 자기도 모르게 입 밖으로 내뱉고 말았다.

그런데 이 중대가리가 뜻밖에도 노란 칠을 한 지팡이, 즉 아Q가 말하는 곡상봉(哭喪棒, 장례식 때 상주가 짚는 지팡이—옮긴이)을 휘두르며 성큼성큼 다가오는 것이 아닌가! 아Q는 틀림없이 한 대 맞겠다 싶어서 목을 잔뜩 움츠리고 기다렸다. 이내 탁 소리가 울리더니 머리를 맞은 것 같았다.

"저 애한테 한 말입니다요!"

아Q는 옆에 있던 아이를 가리키며 둘러댔다.

탁! 탁! 탁! 연이어 소리가 들렸다. 아Q가 기억하는 한 이건 아무래도 평생 두 번째로 당하는 굴욕적인 사건이었다. 하지만 다행히 몽둥이 소리가 그치고 다 끝난 것 같아 마음이 후련했다. 게다가 '망각'이라는 조상 대대로 전해 내려오는 보배도 한몫했다. 아Q는 천천히 술집으로 걸어갔다. 술집 문지방을 넘어설 때쯤에는 완전히 기분이 풀려 어지간히 신이 나기까지 했다.

그때 맞은편에서 정수암(靜修庵)의 젊은 비구니가 걸어오는 것이 보였다. 평소에 아Q는 비구니만 보면 욕지거리를 퍼부었는데, 심지어 지금처럼 굴욕을 당한 날은 더 말할 것도 없었다. 그는 조금 전의 일이 떠오르자 적개심이 불타올랐다.

"오늘 웬일로 재수가 없다 했더니, 네년을 만나려고 그랬나 보구나!"

아Q는 비구니 앞으로 성큼성큼 다가가 큰 소리로 "칵, 퉤!" 하고 침을 뱉었다.

그러나 비구니는 돌아보지도 않고 고개를 숙인 채 계속 걸어갔다. 아Q는 그녀에게 바싹 다가가더니 손을 뻗어 깎은 지 얼마 되지 않은 머리를 문지르며 히죽거렸다.

"이봐, 중대가리! 냉큼 절로 돌아가지그래. 중놈이 기다리고 있을 텐데."

"어디다 손을 대는 거요……."

비구니가 홍당무처럼 얼굴을 붉히면서 한마디 하고는 걸음을 재촉했다.

술집에 있던 사람들이 이 광경을 보고 한바탕 웃어댔다. 아Q는 자기의 행동을 인정받았다는 생각에 더욱 신이 나서 비구니의 볼을 꼬집으며 말했다.

"중은 괜찮고, 나는 안 된단 말이냐?"

술집에 있던 사람들이 또다시 크게 웃음을 터뜨렸다. 더욱더 의기양양해진 아Q는 자기를 인정해주는 사람들을 만족시켜야겠다는 생각에 비구니의 볼을 한 번 더 힘껏 꼬집고 나서 놓아주었다.

아Q는 이 일로 왕 털보와 가짜 양놈에게 당한 일을 잊을 수 있었다. 오늘의 모든 굴욕을 갚은 듯한 기분이 들었던 것이다. 게다가 신기하게도 탁탁 언어맞은 직후보다 몸이 더욱 개운하고 마치 날아갈 것만 같았다.

"한평생 씨도 못 뿌릴 놈아!"

멀리서 젊은 비구니의 울먹이는 목소리가 들렸다.

"하하하!"

아Q는 아주 득의만만하게 웃어젖혔다.

"하하하하!"

술집에 있던 사람들도 아주 재미있어하며 웃었다.

# 제4장

# 연애의 비극

어떤 승리자가 이런 말을 했다. 상대가 호랑이나 독수리 정도
는 되어야 승리의 기쁨을 느낄 수 있고, 양이나 병아리처럼 약
해빠진 상대는 이겨도 싱겁다고.

이와 달리 어떤 승리자는 모든 적을 물리치고 승리를 거둔 뒤
죽을 사람은 죽고 항복할 사람은 항복하고 "황송하옵게도 신(臣)
은 실로 죽을죄를 지었습니다"(임금에게 올리는 글에 상투적으로 쓰는 말—
옮긴이)라고 하면, 더 이상 적도 없고 친구도 없이 홀로 남아 되레
처량하고 적막한 승리의 비애를 뼈저리게 느낀다고 말했다.

하지만 우리의 아Q는 결코 그런 나약한 인간이 아니었다. 그
는 영원히 득의만만했다. 이것은 어쩌면 중국의 정신문명이 전
세계 으뜸이라는 증거인지도 모르겠다.

보라, 그는 마치 하늘로 훨훨 날아오를 것 같지 않은가!

하지만 이번 승리는 뭔가 기분이 묘했다. 그는 훨훨 날아갈 것 같은 기분으로 반나절을 쏘다니다 사당으로 돌아왔다. 여느 때 같으면 드러눕자마자 드르렁드르렁 코를 골았겠지만, 이날 밤은 웬일인지 좀처럼 잠이 오지 않았다. 엄지손가락과 검지손가락이 어쩐지 조금 매끄러운 것 같았다. 젊은 비구니의 얼굴에 무언가 매끈거리는 것이 묻어 있었던 것일까? 아니면 젊은 비구니의 얼굴을 문질러서 그런 것일까……?

"한평생 씨도 못 뿌릴 놈아!"

비구니의 말이 아Q의 귀에 맴돌았다. 그는 생각했다. 그렇다. 아무래도 여자가 있어야겠어. 자식이 있어야 죽은 뒤에 제삿밥 한 그릇이라도 올려줄 것 아닌가. 아무래도 여자가 있어야겠다. 후손이 없는 것은 세 가지 불효 중에서 가장 큰 불효라는 옛말도 있고(맹자의 말이다.—옮긴이), 후손 없는 귀신은 죽어서까지 굶주린다는 말도 있으니, 이것이야말로 인생의 가장 큰 불행이 아니겠는가?

이런 생각은 옛 성현의 말씀과 어긋나지 않은 것이기도 했지만, 여자를 두어야겠다는 생각에 이미 들뜬 마음을 주체할 수 없었다.

"여자, 여자라……."

아Q는 생각했다.

"……중이 건드릴 수 있는…… 여자, 여자! ……여자!"

그는 계속 생각했다.

그날 밤 아Q가 언제쯤 곯아떨어졌는지는 알 수 없다. 하지만 그는 손가락이 매끄러워진 것을 느낀 뒤부터 들뜬 기분으로 '여자, 여자……' 하고 생각하게 되었다. 이것만 봐도 여자라는 것이 얼마나 해로운 존재인지 알 수 있다.

중국 남자들은 원래 누구나 성인군자의 자질을 타고났는데, 유감스럽게도 여자 때문에 망치고 말았다. 상나라는 달기(妲己. 마지막 주왕의 비─옮긴이) 때문에 망했고, 주나라는 포사(褒姒, 서주의 마지막 유왕의 총희─옮긴이) 때문에 망했고, 진나라도 정사에 기록되어 있지는 않지만 여자 때문에 망했다고 해도 과언이 아닐 것이다. 물론 동탁(董卓, 후한 말기의 장수─옮긴이)도 초선(貂蟬)에 의해 죽임을 당한 것이 틀림없다.

아Q는 원체 바른 인간이었다. 물론 그가 어떤 훌륭한 선생한 테 가르침을 받았는지는 모른다. 하지만 그는 '남녀유별'('남녀가

3세만 되어도 자리를 같이하지 않는다'는 뜻―옮긴이)을 몹시 엄격하게 지켰으며, 또 비구니나 '가짜 양놈' 같은 이단(異端)을 극도로 배척하는 사람이었다.

아Q의 주관에 따르면, 무릇 비구니란 반드시 중과 정을 통하게 마련이고, 여자 혼자 밖에 나돌아 다니는 것은 필시 남자를 꾀기 위한 것이며, 남자와 여자가 서로 이야기를 나누는 것은 반드시 야릇한 수작을 부리려는 속셈이라는 것이다. 그래서 아Q는 이런 사람들을 보면 험악한 눈빛으로 노려보거나 큰 소리로 험한 말을 퍼붓기도 했고, 주위에 사람들이 없을 때는 몰래 돌을 던지기도 했다.

그런데 이를 어쩐다. 서른 살이 다 되어가는 나이에 젊은 비구니 때문에 마음이 산란할 줄 누가 알았겠는가. 이런 마음은 유교 도덕으로 용납할 수 없는 일이었다. 이러니 여자란 참으로 가증스런 존재가 아닐 수 없다. 젊은 비구니의 얼굴이 매끈하지 않았다면 아Q는 마음이 들뜨지 않았을 것이다. 또 젊은 비구니가 얼굴을 천으로 가리고 다녔더라면 아Q는 지금처럼 마음이 어수선하지 않았을 것이다.

오륙 년 전에도 아Q는 수많은 사람들이 모인 틈에서 연극을 구경하다가 한 여자의 허벅지를 더듬은 적이 있다. 하지만 그때는 바지 위로 만진 것이어서 마음이 이렇게 들뜨지 않았다. 그런데 젊은 비구니는 맨 얼굴을 만져서인지 기분이 달랐다. 이것만 봐도 역시 여자란 얼마나 가증스러운 존재인지 알 만하다.

"여자, 여자라……."

아Q는 생각했다.

그는 '남자를 꾀어낼 생각만 하는' 여자들을 늘 주의 깊게 지켜보았지만, 누구도 그에게 웃음을 지어 보이지 않았다. 여자들이 자기에게 무슨 이야기를 할 때도 유심히 귀를 기울여보았지만, 요망한 말은 도통 꺼내지 않았다. 아, 이것 역시 여자의 가증스런 단면이었으니, 여자들은 모두 본성을 숨기고 정숙한 척하는 것이다.

그날 아Q는 자오 영감 댁에서 하루 종일 쌀을 찧고 나서 저녁밥을 먹고 부엌에 앉아 담배를 피우고 있었다. 다른 집 같으면 저녁밥을 먹고 나서 곧바로 돌아갔겠지만, 자오 영감 댁은 저녁밥이 일렀다. 자오 영감 댁은 밤에 등잔불을 켜지 못하게 해서 저녁을 먹고 나면 곧바로 잠자리에 들어야 했다. 그러나 예외적인 경우도 있었다.

첫째는 자오 영감의 아들이 과거 공부를 하느라 등잔불을 켜고 책을 읽을 때였고, 둘째는 아Q가 날품을 팔러 와서 등잔불을 켜고 쌀을 찧을 때였다. 이런 예외적인 경우에 아Q는 쌀을 찧기 전 부엌에 앉아 담배를 한 대 피웠다.

자오 영감 댁의 유일한 하녀였던 우 어멈도 설거지를 마치고 의자에 앉아 아Q와 잡담을 나눴다.

"마님이 이틀이나 아무것도 잡숫지 않으시네. 영감님이 새로 첩을 들이겠다고 하시니……."

'여자라, 여자…… 우 어멈이라…… 청상과부라…….'

아Q는 문득 생각했다.

"우리 젊은 마님은 8월쯤 아기를 낳으실 것 같은데……."

'여자라…….'

아Q는 생각했다. 그러더니 담뱃대를 놓고 일어섰다.

"우리 젊은 마님이……."

우 어멈은 계속 지껄여댔다.

"나랑 자자. 나하고 자자고!"

아Q는 별안간 그녀 앞에 무릎을 꿇었다. 순간 정적이 흘렀다.

"에구머니!"

우 어멈은 외마디소리를 지르더니 몸을 덜덜 떨기 시작했다. 그러고는 곧 비명을 지르면서 밖으로 뛰쳐나갔다. 급기야 울부 짖는 소리가 들렸다.

아Q는 벽을 향해 무릎을 꿇은 채 몸을 부르르 떨다가, 이윽고 두 손으로 의자를 짚고 천천히 일어났다. 뭔가 잘못되었다는 느 낌이 들었다. 아Q는 심장이 두근거리고 어찌할 바를 몰라 담뱃 대를 허리띠에 찔러 넣고 쌀을 찧으러 나가려 했다.

그때였다. 별안간 퍽 소리와 함께 굵직한 뭔가가 자기 머리를 세게 내리친 것 같았다. 깜짝 놀라 뒤돌아보니 수재(자오 영감의 아 들―옮긴이)가 대나무 몽둥이를 들고 서 있는 게 아닌가.

"네 이놈! 네놈이 정신이 나갔구나!"

굵은 몽둥이가 다시금 아Q의 머리를 내리쳤다. 아Q는 머리 를 양손으로 감싸 쥐다가 손가락을 맞고 말았다. 손가락이 찢어 질 듯이 아팠다. 얼른 부엌을 뛰쳐나가다가 또다시 등을 얻어맞 았다.

"후레자식 같으니라고!"

수재가 아Q의 등 뒤에 대고 관화(官話, 중국 명·청 시대 관청에서 쓰던 표준어―옮긴이)로 욕지거리를 퍼부었다.

아Q는 곧장 방앗간으로 달아났다. 그는 손가락이 욱신거리는 것을 느끼며 우두커니 서 있었다. '후레자식.' 이 말이 계속 귓가에 맴돌았다. 웨이촹 마을 사람들은 쓰지 않는 말로, 오직 관청에 드나드는 사람들만 쓰는 말이었다. 그래서 더욱 겁이 났고 가슴을 찌르는 것 같았다.

그 바람에 '여자, 여자라……' 하는 생각은 말끔히 사라져 버렸다. 매를 맞고 욕을 먹고 나니, 이것으로 사건이 끝난 듯 한결 가뿐한 마음으로 쌀을 찧기 시작했다. 한참 쌀을 찧다 보니 몸에 열이 났다. 그래서 잠시 일을 멈추고 윗옷을 벗었다.

그때 갑자기 밖에서 떠들썩한 소리가 들려왔다. 원래 시끌벅적한 구경거리를 무엇보다 좋아하는 위인인지라 아Q는 얼른 소리 나는 곳으로 뛰어갔다. 계속 가다 보니 소리가 나는 곳은 자오 영감 댁 안마당이었다. 해가 저물어 어둑어둑한 시각에 많은 사람들이 모여 있었다. 이틀 동안이나 밥을 먹지 않았다는 젊은 마님을 비롯해 자오 영감네 사람들이 모두 나와 있었다. 이웃에 사는 쩌우치댁도 보였고, 자오 영감과 진짜 한집안 사람인 자오바이옌(趙白眼)과 자오쓰천(趙司晨)도 있었다.

젊은 마님이 우 어멈의 손을 잡고 방에서 나오면서 말했다.

"어서 나오게……. 숨기는 왜 숨나……."

"자네가 결백하다는 건 다 아는 사실이네. 그러니 허튼 생각은 하지 말게."

쩌우치댁도 옆에서 거들었다.

우 어멈은 연신 울먹이면서 뭐라고 중얼거렸지만, 무슨 말인지 전혀 알아들을 수 없었다.

아Q는 생각했다.

'이거 재미있겠는걸. 저 청상과부가 무슨 짓을 저지른 거지?'

아Q는 무슨 일인지 물어보려고 자오쓰천 옆으로 다가갔다. 바로 그때 별안간 자오 영감이 자기에게 달려오는 것이 보였다. 더구나 그의 손에는 굵은 대나무 몽둥이가 들려 있는 게 아닌가.

아Q는 굵은 몽둥이를 보는 순간 이 일이 조금 전 자기가 맞은 일과 관련된 것임을 깨달았다. 아Q는 얼른 돌아서서 방앗간으로 도망치려고 했지만, 이미 대나무 몽둥이가 길을 막아섰다. 그래서 다른 쪽으로 도망쳐서 뒷문으로 빠져나가 사당으로 돌아왔다.

한동안 멍하니 앉아 있으려니 점차 소름이 돋을 만큼 추웠다. 봄이라고는 해도 해가 떨어지면 꽤 쌀쌀해서 옷을 벗고 자는 건

무리였다. 자오 영감 댁에 두고 온 윗옷을 가지러 가자니 수재의 몽둥이가 무서워 엄두가 나지 않았다. 이때 마을 지보가 사당으로 들어왔다.

"아Q, 이 개자식아! 자오 나리 댁 하녀를 건드리다니, 아주 반역을 저질렀군그래. 덕분에 나까지 잠도 못 자게 생겼어. 이 개자식아!"

한바탕 질책이 이어질 동안 아Q는 아무 말도 하지 못했다. 훈시는 한밤중까지 이어졌고, 결국 아Q는 지보에게 술값으로 평소의 곱절인 4백 문을 쥐어주어야 했다. 하지만 아Q의 수중에는 한 푼도 없었기 때문에 털모자를 저당 잡히고 다섯 가지 약속을 해야 했다.


첫째, 내일 한 근짜리 붉은 초 한 쌍과 향(香) 한 봉지를 가지고 자오 나리 댁에 가서 사죄한다.

둘째, 자오 나리 댁에서 도사를 불러 목매달아 죽은 원혼을 쫓는 굿을 할 것인데, 그 비용을 아Q가 부담한다.

셋째, 아Q는 앞으로 절대 자오 나리 댁 문턱을 넘지 않는다.

넷째, 차후 우 어멈에게 무슨 일이 생길 시 모든 책임을 아Q가진다.

다섯째, 아Q는 품삯과 두고 온 윗옷을 요구할 수 없다.

아Q는 다섯 가지를 이행하겠다고 약속했지만, 안타깝게도 그의 수중에는 돈이 없었다. 그러나 다행히 봄이라 필요 없겠다 싶어 솜이불을 저당 잡히고 2천 문이라는 거금을 마련해 약속을 이행했다.

그렇게 윗옷을 벗은 채 머리를 땅에 대고 사죄하고 나니 돈 몇 문이 남았다. 그러나 아Q는 그 돈으로 털모자를 찾으러 가는 것이 아니라 몽땅 털어서 술을 마셔버렸다. 한편 자오 영감 댁에서는 아Q가 가져온 향과 초를 쓰지 않았다. 나중에 마님이 부처님께 불공을 드릴 때 쓰려고 남겨두었다. 그리고 아Q의 닳아 떨어진 윗옷은 젊은 마님이 8월에 낳은 아기의 기저귓감으로 쓰였고, 남은 천 쪼가리는 우 어멈의 발싸개로 쓰였다.

# 제5장

# 생계 문제

아Q는 사죄의 의식을 치르고 사당으로 돌아왔다. 해가 서산으로 기울어감에 따라 점점 세상이 이상해졌다는 생각이 들었다. 하지만 곰곰이 생각해보고는, 아무래도 이 모든 일은 전적으로 자기가 윗옷을 벗고 있었기 때문이라는 것을 깨달았다. 그는 닳아 떨어진 겉옷이 하나 있다는 것을 떠올리고는 그것을 덮고 드러누웠다.

아Q가 눈을 떴을 때는 태양이 이미 서쪽 담장 위를 비추고 있었다. 그는 일어나 앉으면서 중얼거렸다.

"이런 빌어먹을……."

아Q는 밖으로 나가 늘 그렇듯 거리를 어슬렁거렸다. 윗옷을 벗고 있을 때보다 추위는 덜했지만, 어쩐지 세상이 좀 이상해진 듯한 느낌이 또다시 들었다.

그날 이후로 웨이촹의 여자들이 별안간 아Q 앞에서 부끄럼을 타는 것 같았다. 여자들은 아Q만 보면 얼른 집 안으로 숨어버렸다. 심지어 쉰 살이 다 되어가는 쩌우치댁마저 다른 사람들처럼 얼른 집으로 들어가 버렸고, 열한 살짜리 딸아이까지 집안으로 데리고 들어갔다.

아Q는 왜 그러는지 알 수 없었다. 그는 생각했다.

'이것들이 별안간 요조숙녀처럼 굴다니. 갈보들 주제에……'

그러나 세상이 더욱 이상해졌다고 느낀 것은 며칠 뒤였다.

첫째, 술집에서 외상을 주지 않았다. 둘째, 사당을 관리하는 영감이 이런저런 트집을 잡으면서 그를 쫓아내려고 했다. 셋째, 며칠이나 되었는지는 확실하지 않지만, 어쨌든 그에게 날일을 시키는 사람이 없었다.

술집에서 외상을 주지 않는 것이야 술을 안 먹으면 그만이고, 사당을 관리하는 영감이 나가라고 잔소리하면 못 들은 척하면 된다. 하지만 아무도 날일을 맡기지 않으면 당장 배를 곯아야 하니 정말 '빌어먹을' 일이었다.

아Q는 가만히 있지 않고 자주 일을 나갔던 집들을 찾아가 보았다. 물론 자오 영감 댁에 들어가는 것은 금지였다. 그런데 이상하게도, 어느 집을 가든 남자가 나와서 몹시 달갑잖은 얼굴로, 마치 아Q가 거지라도 되는 듯 손을 내저으며 말했다.

"없어, 없다고! 썩 꺼지지 못해!"

아Q는 더더욱 이상한 기분이 들었다. 항상 일이 있는 집인데 갑자기 일거리가 하나도 없다니 무슨 까닭이 있는 게 틀림없다고 생각했다.

여기저기 수소문한 끝에 아Q는 사람들이 일을 모두 샤오D에게 맡긴다는 것을 알게 되었다. 샤오D는 비쩍 마르고 허약한 가난뱅이로, 아Q가 보기에는 왕 털보보다 더 보잘것없는 녀석이었다. 그런 녀석이 자신의 밥줄을 가로채고 있었던 것이다.

여느 때와 달리 화가 머리끝까지 치민 아Q는 씩씩거리고 주먹을 휘두르며 노래를 불렀다.

"쇠 채찍으로 네놈을 후려갈기리라……!"

며칠 뒤 아Q는 첸 씨 집 담장 밑에서 샤오D와 마주쳤다. "원수를 알아보는 눈은 유독 밝다"는 옛말이 있듯이, 아Q는 한눈에 그를 알아보고 성큼성큼 다가갔다. 샤오D도 걸음을 멈췄다.

"이런 개새끼!"

아Q는 침을 튀기며 소리치고는 샤오D를 노려보았다.

"그래, 난 버러지다. 어쩔래?"

샤오D가 맞받아쳤다.

그의 말에 아Q는 더욱 화가 치밀었다. 쇠 채찍을 갖고 있지 않았던 아Q는 맨손으로 달려들어 샤오D의 변발을 움켜쥐었다. 샤오D도 한 손으로는 자기의 변발을 붙잡고, 다른 손으로 아Q의 변발을 움켜잡았다. 아Q도 다른 한 손으로 자기의 변발을 붙잡았다.

예전의 아Q 같으면 샤오D는 한주먹 거리도 되지 않았다. 그러나 며칠 굶주렸던 탓에 수척하고 기운이 달리다 보니 샤오D를 감당하기 버거웠다. 두 사람은 누가 더 나을 것도 없이 네 손이 변발 2개를 움켜쥐고 몸을 반쯤 굽히고 있었다. 첸 씨 집 담벼락에 남색 무지개가 걸쳐 있는 듯 한참이나 그렇게 버티고 있었다.

"이제 됐네. 이제 됐어!"

길을 가다 구경하던 사람들이 말했다. 아마도 싸움을 말리려는 모양이었다.

"좋아, 그래!"

구경꾼들이 또다시 말했다. 그런데 싸움을 말리려는 것인지, 아니면 부추기는 것인지 알 수가 없었다.

하지만 두 사람은 말을 듣지 않았다. 아Q가 서너 걸음 나아가면 샤오D는 서너 걸음 뒤로 물러나서 멈췄다. 또 샤오D가 서너 걸음 나아가면 아Q가 서너 걸음 물러났다. 30분쯤 지났을까? 웨이좡에 자명종이 없어서 정확한 건 몰라도 족히 20분은 되었을 것이다. 마침내 두 사람 머리에서 김이 모락모락 피어올랐고, 이마에서도 땀이 흘러내렸다. 그러자 아Q의 손이 느슨해지는가 싶더니 동시에 샤오D의 손도 슬그머니 풀렸다. 두 사람은 동시에 몸을 펴고 뒤로 물러서면서 구경꾼들 사이에 섰다.

"두고 보자! 이 개새끼!"

아Q가 뒤돌아보며 말했다.

"어디 두고 보자! 이 개새끼야!"

샤오D도 뒤돌아보며 말했다.

이 '용호상박(龍虎相搏)'은 결국 무승부로 끝났다. 이러쿵저러쿵 하는 사람들이 없어서 구경꾼들이 만족했는지는 알 수 없다. 하지만 아Q에게 날일을 맡기는 사람이 없기는 매한가지였다.

어느 포근한 날이었다. 산들바람이 불고 제법 여름 날씨였는데도 아Q는 여전히 추웠다. 그래도 이건 견딜 만했다. 문제는 배가 고픈 것이었다. 솜이불과 털모자, 그리고 겉옷이 없어진 지 오래였고, 솜옷까지 팔아버렸다. 이제 남은 옷이라고는 바지뿐이었는데, 그렇다고 바지를 벗고 다닐 수는 없는 노릇이었다. 닳아 떨어진 홑옷이 하나 있긴 했지만, 발싸개로 쓰라고 거저 주면 모를까 돈을 받을 정도는 아니었다.

아Q는 돈이라도 주울까 싶어 눈을 부릅뜨고 길바닥을 살펴 봤지만, 아직까지 동전 하나 눈에 띄지 않았다. 혹시나 다 쓰러져 가는 사당에서 나오지 않을까 하고 구석구석 살펴봤지만 아무것도 찾지 못했다. 결국 아Q는 거리로 나설 수밖에 없었다.

아Q는 길에서 구걸을 하려고 했다. 하지만 단골 술집과 자주 가던 만두 가게를 보고도 그냥 지나쳤다. 말을 꺼내기는커녕 잠시 멈춰 서지도 않았다. 그러고 싶지 않았기 때문이다. 그렇다고 아Q는 달리 뭘 해야 할지도 알지 못했다.

웨이좡은 그리 큰 마을이 아니었다. 그래서 아Q는 얼마 지나지 않아 마을 끝에 이르렀다. 마을을 벗어나면 온통 논밖에 없어서 눈에 들어오는 것은 새로 모내기를 한 싱싱한 초록 벼뿐이었다. 그 사이로 군데군데 보이는 까만 동그라미들은 일하는 농

부들이었다. 하지만 아Q는 이런 시골 풍경을 거들떠보지도 않고 계속 걸어갔다. 왜냐하면 먹을 것과는 아무 상관 없었기 때문이다. 그는 마침내 정수암 담장에 이르렀다.

암자 주위도 온통 논으로 둘러싸여 있었다. 신록 사이로 하얀 담벼락이 솟아 있었고, 낮은 담 안쪽은 채소밭이었다. 아Q는 머뭇머뭇하며 주위를 둘러보았다. 아무도 보이지 않았다. 그는 나지막한 토담을 기어올라 하수오 덩굴을 붙잡았다. 그런데 토담에서 흙이 주르륵 흘러내리는 바람에 다리를 후들후들 떨면서 겨우 뽕나무를 잡고 담장 안으로 뛰어내렸다.

담장 안은 나무가 울창하기만 할 뿐 술이나 만두 같은 먹을거리는 하나도 없었다. 담장 서쪽 대나무 숲에 죽순이 수없이 돋아 있었지만, 아쉽게도 삶지 않은 날것을 먹을 수가 없었다. 유채도 있었지만 벌써 열매가 맺혔고, 갓은 벌써 꽃이 피었으며, 배추도 이미 장다리꽃을 피우며 시들어버렸다.

과거 시험에 낙방한 글방 도령처럼 아Q는 풀이 죽었다. 그래서 어정어정 뜰 쪽으로 걸어갔다. 그때 갑자기 그의 얼굴이 환해졌다. 그것은 틀림없는 무였다. 그는 너무 기뻐서 얼른 쭈그리고 앉아 무를 뽑기 시작했다. 그때 입구 쪽에서 둥근 머리가 불쑥 나타났다가 다시 사라졌다. 분명 젊은 비구니였다.

젊은 비구니쯤이야 아Q에게는 한낱 티끌 같은 존재였지만, 세상일이란 모름지기 '한 걸음 뒤로 물러나서 생각해보아야 하는 법', 그는 무 4개를 냉큼 뽑아 무청을 잘라내고 옷 속에 숨겼다. 하지만 이미 늙은 비구니가 가까이 와 있었다.

"나무아미타불. 아Q, 너는 왜 남의 밭에 들어와 무를 훔치는 거냐! 이런 죄를 짓다니……. 아, 나무아미타불……."

"내가 언제 무를 훔쳤단 말이야?"

아Q는 늙은 비구니를 힐끔힐끔 쳐다보며 뒷걸음질을 쳤다.

"방금 훔쳤잖아……. 이게 바로 무가 아니고 뭐냐?"

늙은 비구니가 아Q의 옷을 가리켰다.

"이게 당신 거야? 어디 무한테 물어볼까? 당신 게 맞는지?"

아Q는 말을 끝맺지도 않고 냅다 뛰기 시작했다. 그러자 커다란 검정개 한 마리가 그의 뒤를 쫓아왔다. 앞문에 있던 개가 어느새 뒤뜰에 와 있었다.

컹컹 짖으면서 쫓아온 검정개가 아Q의 다리를 물려고 했다. 하지만 다행히 아Q의 옷 속에 있던 무 하나가 떨어지는 바람에 개가 멈칫했고, 그 틈을 타서 아Q는 뽕나무 위로 기어올라 토담

을 넘어갔다. 사람과 무가 함께 담 밖으로 떨어졌다. 검정개는
뒤에 남아 뽕나무를 쳐다보며 계속 짖어댔고, 늙은 비구니는 계
속 염불을 외워댔다.

아Q는 비구니가 검정개를 밖에 풀어놓지 않을까 싶어 무를
줍자마자 냅다 달아났다. 길바닥에 있는 돌멩이 몇 개를 주워
들고 달렸지만 검정개는 더 이상 따라오지 않았다. 그제야 아Q
는 돌멩이를 던져버리고 걸어가면서 무를 씹어 먹었다. 그리고
생각했다. 여기는 먹을 게 없으니 아무래도 성내로 들어가는 게
좋겠어…….

무 3개를 다 먹어치웠을 무렵, 그는 이미 성내로 들어갈 결심
을 굳혔다.

# 제6장

# 중흥에서 말로까지

아Q가 다시 웨이촹에 나타난 것은 그해 추석이 지났을 때였다. 사람들 모두 아Q가 돌아왔다며 놀랐다. 그러고는 그제야 아Q가 대체 어디 갔다 왔는지 궁금해했다.

예전에도 몇 번 아Q가 성내에 들어갔다 온 적이 있다. 그때마다 아Q는 신이 나서 사람들에게 자랑하곤 했다. 하지만 이번에는 그러지 않았다. 그래서 아무도 그가 어디 갔다 왔는지 모르고 있었다.

물론 사당을 관리하는 노인한테는 얘기했는지 모르지만, 웨이촹 마을에서는 자오 영감이나 첸 영감, 그리고 과거에 급제한 자오 수재쯤 되는 사람이 성내에 들어갔다 와야 화젯거리가 되었다. 심지어 그 '가짜 양놈'조차 대수롭지 않게 여기는 판국에 아Q는 더 말할 것도 없었다. 더구나 사당을 관리하는 노인도 아Q에 대해 떠들고 다니지 않았으니, 웨이좡 마을 사람들이 알 리가 없었다.

그런데 성내에서 돌아온 아Q의 모습이 예전과는 아주 딴판이어서 모두 깜짝 놀랐다. 해가 저물 무렵 아Q는 졸리는 듯한 눈으로 술집에 나타났다. 그는 계산대로 다가가 허리춤에서 은전과 동전을 한 움큼 꺼내 툭 던지면서 말했다.

"자, 돈 여기 있다! 어서 술 가져와!"

그러고 보니 새옷을 번드르르하게 차려입었고, 허리띠가 활 모양으로 축 늘어질 만큼 큼직한 주머니를 차고 있었다. 웨이좡 사람들은 원래 제법 눈에 띄는 인물이 나타나면 공손하게 대하는 것이 보통이었다. 물론 지금 이 사람은 아Q가 틀림없었지만, 누더기를 걸치고 다녔던 예전의 그 아Q가 아니었다. 완전히 딴사람이 되어 있었던 것이다. "선비는 사흘만 보지 못해도 괄목상대해야 한다."('눈을 비비고 상대를 본다'는 뜻으로, 학식이나 재주가 놀랄 만큼 부쩍 늘었음을 이르는 말이다.—옮긴이)는 옛말 그대로였다. 그러니 술집 주인과 점원도, 손님들도, 지나가던 사람들도 모두 의아해하면서도 일단 존경을 표했다.

"어이, 아Q, 돌아왔군그래!"

"그렇소. 돌아왔소!"

"그래, 돈을 많이 벌었나 본데, 잘됐군. 대체 어디서……."

"성에 있었소!"

다음 날 바로 온 마을에 이 소식이 퍼졌다. 사람들 모두 새 옷 차림으로 현금을 두둑이 들고 돌아온 아Q가 어떻게 해서 일어 서게 되었는지 궁금해했다. 그래서 술집이나 찻집, 심지어 사당 으로 모여들어 어떻게 된 일인지 알고 싶어 했다. 그리하여 아Q 는 마을 사람들이 새롭게 경외하는 인물이 되었다.

아Q의 말에 따르면, 그는 거인(擧人, 향시에 합격한 사람—옮긴이) 영 감 댁에서 일했다고 한다. 이 대목에서 사람들 모두 숙연한 표 정을 지었다. 그 사람의 성씨가 바이(白)인데, 성내에 거인은 한 명뿐이었으므로 구태여 성을 붙일 필요 없이 그저 거인이라고 하면 그를 가리키는 것이었다. 비단 웨이촹 마을뿐 아니라 백 리 근방에서는 거인이라고 하면 당연히 그를 떠올렸다. 그런 사 람 집에서 일했으니 당연히 존경받을 만했다.

그런데 아Q는 두 번 다시 그 집에서 일하고 싶지 않다고 했 다. 왜냐하면 거인 영감은 그야말로 '개 같은 놈'이기 때문이라는 것이었다. 이 대목을 듣고 사람들은 좋아하면서도 한숨을 내쉬었다. 왜냐하면 아Q 따위가 거인 영감 댁에서 일할 만한 자격이 없다고 생각하던 차에 더 이상 가지 않겠다고 하니, 그럼 그렇지 싶어 기뻐했던 것이고, 한편으로는 그만두었다고 하니 아쉬운 생각도 들었다.

아Q가 말하기를, 그가 돌아온 까닭은 성내 사람들이 영 못마땅해서라고 했다. 성내 사람들이 '긴 의자'를 '가는 의자'라고 부르는 것이나, 튀긴 생선에 채썰기를 한 파를 얹는다는 점 외에도, 얼마 전 눈여겨보고 알게 되었는데, 여자들이 엉덩이를 흔들며 하느작하느작 걷는 모양이 아주 꼴불견이라는 것이었다.

하지만 성내 사람들에게도 감탄할 만한 점이 있었는데, 웨이창 사람들은 기껏해야 32장짜리 대나무 골패로 노름하는 게 전부이고, '가짜 양놈' 정도나 마작을 할 줄 아는데, 성내 사람들은 어린아이까지 마작에 능숙하다는 것이었다. '가짜 양놈'쯤은 성내 어린아이한테도 염라대왕 앞에 선 꼬맹이 귀신에 지나지 않는다고 떠들어댔다. 이 얘기를 듣고 마을 사람들 모두 부끄러워했다.

"자네들 사람 목 자르는 것 본 적 있나?"

아Q가 말했다.

"아주 볼 만하지. 혁명 당원을 처형하는 건데, 아주 볼 만하다니까."

아Q가 고개를 절레절레 흔들며 말하자 맞은편에 서 있던 자오쓰천의 얼굴에 그의 침이 튀었다. 이 말을 듣고 사람들은 모두 소름이 돋았다. 아Q는 주위를 슥 둘러보더니 별안간 오른손을 치켜들고 때마침 목을 길게 빼고 정신없이 이야기를 듣고 있던 왕 털보의 목덜미를 내려치는 시늉을 하면서 말했다.

"싹둑!"

왕 털보가 깜짝 놀라면서 얼른 목을 움츠렸다. 사람들은 무섭기도 했지만 한편으로는 무척 재미있게 이야기를 들었다.

그 뒤로 한동안 왕 털보는 넋이 나간 사람처럼 아Q 곁에 다가갈 엄두조차 내지 못했다. 물론 다른 사람들도 마찬가지였다.

당시 웨이촹 사람들에게 아Q의 지위가 자오 영감을 능가한다고 할 수는 없었지만, 그에 못지않다고 해도 지나친 말이 아니었다.

얼마 지나지 않아 아Q의 명성이 웨이촹의 규방(부녀자가 거처하는 방―옮긴이)에까지 퍼졌다. 물론 웨이촹에서 규방이라 할 만한

집이라고 해봤자 첸 영감 댁과 자오 영감 댁뿐이었고, 나머지는 초라하기 짝이 없어 규방이라고 하기도 민망했지만, 아무튼 규방은 규방이니, 거기까지 소문이 났다는 것은 정말 놀라운 일이 아닐 수 없었다.

여자들은 얼굴만 마주치면 아Q에 대해 수군거렸다. 쩌우치댁이 아Q한테 남색 비단 치마를 샀는데 입던 것이기는 해도 단돈 90전에 샀다느니, 자오바이옌의 어머니도(자오쓰천의 어머니라는 설도 있으니 고증할 필요가 있다) 거의 새것이나 마찬가지인 어린아이용 빨간색 서양 저고리를 30전, 그것도 깎아서 그 정도에 샀다고 수군거렸다.

그래서 여자들은 기를 쓰고 아Q를 만나려 했다. 그에게서 비단 치마나 서양 저고리를 사고 싶었던 것이다. 이제는 길에서 아Q를 마주쳐도 달아나 숨기는커녕, 그를 뒤쫓아가서 붙잡고 물었다.

"아Q, 비단 치마 또 있어? 없어? 서양 저고리도 필요한데, 그건 있겠지?"

급기야 그에 관한 이야기가 초라한 규방은 물론이고 대갓집 깊숙한 규방까지 퍼졌다. 왜냐하면 쩌우치댁이 신이 나서 자기가 산 남색 비단 치마를 자오 영감 댁 마님에게 보여주었고, 마님은 자오 영감 앞에서 입에 침이 마르도록 그 이야기를 했기 때문이다.

그러자 자오 영감은 저녁을 먹는 자리에서 아들과 아Q에 대해 이야기를 나눈 끝에, 아무래도 수상한 구석이 있으니 문단속을 철저히 해야겠다고 말했다. 하지만 그의 물건 중에 살 만한 것이 있을지도 모르겠다는 말도 함께 했다. 마침 자오 영감 댁 마님도 값싸고 품질 좋은 모피 조끼를 꼭 사고 싶었던 터라 자오 영감 댁 사람들은 쩌우치댁한테 아Q를 불러오라고 했다. 그리하여 이날 밤 세 번째 예외적인 경우로 등잔불을 켜도 좋다는 허락이 내려졌다.

그런데 등잔불의 기름이 다 타들어 갈 때까지 아Q가 오지 않았다. 자오 영감 댁 식구들은 기다리다 지쳐서 안절부절못하거나 연신 하품을 해대는가 하면, 아Q가 이집 저집 돌아다니느라 오지 않는다며 투덜거리기도 하고, 쩌우치댁이 뭐 하느라 이리 꾸물거리느냐고 되레 그녀를 원망하는 사람도 있었다.

자오 영감 댁 마님이 혹시 아Q가 지난봄에 약속한 것 중 출입 금지 조항 때문에 오지 못하는 게 아닌가 하고 걱정하자, 자오 영감은 그럴 리 없다고 말했다. 왜냐하면 자기가 직접 오라고 불렀기 때문이다. 과연 자오 영감의 생각은 정확했다. 마침내 아Q가 쩌우치댁을 따라 집으로 들어온 것이다.

"자꾸 물건이 없다고 하지 뭐예요. 그래서 네 입으로 직접 말하라고 했지요. 그래도 계속 같은 말만……."

쩌우치댁이 숨을 헐떡거리며 말했다.

"나리!"

아Q는 조금 비웃는 듯한 표정으로 부르더니 처마 밑에 멈춰섰다.

"밖에 나가서 돈을 좀 벌었다고?"

자오 영감이 아Q에게 성큼 다가가 위아래로 훑어보면서 말했다.

"잘됐군, 잘됐어. 신수가 훤하구먼. 그런데…… 듣자 하니 자네한테 헌 물건들이 좀 있다고? 좀 보여주지 않겠나? 내가 필요한 게 있을까 해서 말이야……."

"쩌우치댁한테 말했다시피 다 팔아버렸습니다요."

"다 팔아버렸다고?"

자오 영감은 저도 모르게 소리를 버럭 질렀다.

"그새 다 팔아치우다니?"

"원래 친구의 것이었는데, 별로 많지도 않았습니다요. 더구나 이 사람 저 사람 사가는 바람에……."

"그래도 몇 개는 남아 있겠지."

"지금 남은 거라고는 문발 하나뿐입니다요."

"그럼 그거라도 가져와 보게."

자오 영감 댁 마님이 다급히 말했다.

"내일 가져오면 되겠구먼."

자오 영감은 시들해서 말하고는 덧붙였다.

"앞으로는 물건이 생기거든 맨 먼저 우리한테 가져오게."

"다른 집보다 덜 쳐주지는 않겠네."

수재가 한마디 했고, 수재의 부인은 아Q의 표정이 어떤지 살펴보았다.

"나는 모피 조끼가 필요하다네."

자오 영감 댁 마님이 말했다.

아Q는 일단 그러겠다고 말은 했지만, 어쩐지 내키지 않은 듯한 표정으로 슬슬 걸어 나가는 모양이 정말 귀담아들었는지 미심쩍어 보였다. 아Q의 이런 태도에 자오 영감은 몹시 화가 나고 불안하기도 해서 쏟아지던 하품마저 싹 사라졌다.

수재도 아Q의 태도에 벌컥 화를 냈다.

"저 후레자식! 조심해야지 안 되겠어. 지보한테 말해서 웨이 쫭에서 영영 쫓아버리는 게 낫겠어요."

하지만 자오 영감은 그렇게 생각하지 않았다. 그러다가는 괜한 원한만 사게 될 뿐이고, "매도 제 둥지의 먹이는 건드리지 않는다"는 옛말도 있듯이, 아Q 같은 자도 자기 마을까지 어떻게 할 리는 없으며, 단지 밤에만 조심하면 된다는 것이었다.

수재도 과연 지당한 말씀이라며, 곧바로 아Q를 쫓아내자는 의견을 철회하고, 쩌우치댁한테 절대 아무에게도 이 얘기를 하지 말라고 주의를 주었다.

하지만 다음 날 쩌우치댁은 남색 치마를 검정색으로 염색하러 나갔을 때 아Q가 좀 수상하다고 떠벌리기 시작했다. 수재가 아Q를 마을에서 쫓아내자고 했다는 말은 입 밖에 내지 않았지만, 그것만으로도 아Q에게는 상황이 몹시 불리하게 돌아갔다.

먼저 마을 지보가 아Q를 찾아와 문발을 가져가 버렸다. 아Q는 자오 영감 댁 마님에게 보여드릴 물건이라며 안 된다고 했지만, 지보는 돌려주기는커녕 다달이 자신에게 일정 금액을 상납

하라고 했다.

　다음으로 아Q를 존경스럽게 대하던 마을 사람들의 태도가 돌변했다. 물론 곧바로 험악하게 대하지는 않았지만, 피하려는 기색이 역력했다. 예전에 '싹둑!' 하고 목을 치는 시늉을 했을 때 경계하던 것과는 달리 '경이원지(敬而遠之)(《논어》에 나오는 말로 '공경하되 가까이하지 않는다'는 뜻—옮긴이)하는 분위기였다.

　그런데 마을 건달들은 아Q를 따라다니며 어떻게 된 일인지 꼬치꼬치 캐물었고, 아Q도 숨기기는커녕 되레 으스대며 자기의 경험담을 떠벌렸다. 그제야 마을 사람들은 아Q의 정체를 알게 되었다. 즉 아Q는 도둑의 졸개에 지나지 않았던 것이다. 그는 성내에서 담을 넘어 들어가지도 못하고, 그저 밖에 서 있다가 물건을 건네받았을 뿐이었다. 어느 날 밤 두목이 꾸러미 하나를 아Q에게 건네주고 다시 집 안으로 들어갔는데, 조금 뒤 안에서 고함 소리가 들리자 아Q는 당황하여 급히 도망쳤다는 것이었다. 그러고는 성을 빠져나와 웨이촨으로 돌아왔으며, 그 뒤로는 두 번 다시 그런 짓을 하지 않았다고 했다.

　이런 이야기를 떠벌리는 바람에 아Q는 더욱 불리한 상황에 빠졌다. 마을 사람들이 아Q를 '경이원지'했던 까닭은 혹여 그에게 원한을 살까 두려워서 그런 것인데, 이제 보니 그는 두 번 다시 도둑질할 엄두도 내지 못하는 도둑의 졸개에 지나지 않았던 것이다. 옛말 그대로 "두려워할 만한 것도 못 되는" 자였다.

# 제7장

# 혁명

선통(宣統) 3년 9월 14일(선통은 청나라 마지막 연호이며, 1911년 11월 4일에 해당한다. 신해혁명이 일어난 지 25일 뒤다.─옮긴이), 아Q가 자오바이옌에게 전대를 팔았던 바로 그날 밤 거대한 검은 배 한 척이 자오 영감 댁 근처 부두에 닿았다. 모두 잠든 캄캄한 밤중이어서 사람들은 배가 들어온 것도 몰랐다. 하지만 동이 틀 무렵 배가 떠날 때는 몇몇 사람들이 목격했고, 그들이 수소문해보니 그것은 성내 거인 영감의 배였다.

그 배가 왔다 가자 웨이좡은 커다란 불안에 휩싸였다. 정오가 되기도 전에 벌써 온 마을 사람들이 술렁거리기 시작했다. 물론 자오 영감 댁에서는 그 배가 무슨 일로 왔는지 일체 비밀에 붙였지만, 사람들은 찻집이나 술집에 모여 혁명당이 성내로 진입하자 거인 영감이 피난 온 것이라고 수군거렸다.

쩌우치댁만 다른 얘기를 했다. 쩌우치댁 말로는 거인 영감이 배에 헌옷 상자 몇 개를 싣고 와서 자오 영감에게 맡기려고 했는데, 자오 영감이 거절하자 다시 가지고 갔다는 것이었다.

거인 영감과 자오 영감은 서로 아는 사이가 아니어서 '환난을 함께할 만한 정'이 있을 리도 없었다. 하지만 쩌우치댁이 자오 영감 댁의 이웃에 살면서 보았을 테니 그녀의 말이 사실일 거라고 사람들은 생각했다.

마을에 무성한 추측이 나돌았다. 거인 영감이 직접 온 것이 아니라 긴 편지를 보내서, 자신이 자오 영감 집안과 먼 친척뻘 된다고 전했으며, 그래서 자오 영감은 크게 해가 될 것이 없다고 여겨 헌옷 상자를 받아 마님의 침대 밑에 숨겨두었다는 것이다. 또 혁명당에 대해서는 명나라 숭정 황제를 기리는 뜻으로 상복처럼 흰 투구와 흰 갑옷을 입은 혁명당이 그날 밤 이미 성내로 진입했다는 소문이 돌았다.

아Q는 혁명당에 대해 익히 들어 알고 있었고, 심지어 올해 성내에서 혁명 당원의 목을 베는 광경을 직접 보기도 했다. 하지만 무엇 때문인지는 모르겠으나 아Q는 혁명당은 반란군이고,

반란은 자신에게 해를 입힐 거라는 믿음을 갖고 있었기에 몹시 미워할 뿐만 아니라 이를 갈 정도로 증오했다.

그런데 그 혁명당 때문에 백 리 밖까지 명성이 자자한 거인 영감조차 벌벌 떤다고 하니, 아Q는 마음이 솔깃했다. 더구나 웨이촹 마을 사람들이 당황하는 꼴을 보니 더더욱 신이 나서 생각했다.

'혁명이란 것도 나쁘지 않은걸? 이 얼간이들을 모조리 뒤집어엎어야겠다! 나쁜 놈들! 그래, 좋아……. 나도 혁명당에 들어가야지.'

그렇지 않아도 아Q는 요즘 돈이 궁해 힘들던 참이었다. 게다가 낮부터 빈속에 술을 두서너 잔 들이켜고 벌써 취기가 오른 상태에서 비틀비틀 걸어가며 이런 생각을 하자니 슬슬 흥분되는 것이었다. 급기야 자기가 이미 혁명 당원이 되었고, 웨이촹 사람들을 모두 포로로 잡은 것 같았다. 어느새 아Q는 의기양양하게 고래고래 소리를 질렀다.

"반란이다! 반란이다!"

웨이촹 사람들 모두 두려운 눈길로 아Q를 쳐다보았다. 아Q는 지금까지 이처럼 가련한 눈빛을 처음 보았다. 그런 모습을 보자 아Q는 더운 여름 한낮에 얼음물을 마신 듯 속이 시원했다. 그는 걸어가면서 더욱 신나게 소리쳤다.

"얼씨구 좋구나! 내가 갖고 싶은 건 다 가지고, 마음에 드는 여자도 다 내 차지!

지화자 좋다!

후회한들 무엇하랴.

술에 취해 정(鄭, 송나라 1대 황제 조광윤의 부하 정자명(鄭子明)을 가리킨다.─옮긴이)의 목을 베었구나.

후회한들 무엇하랴.

지화자 좋구나! 지화자 좋아!

쇠 채찍으로 네놈들을 후려치리라!"('용호(龍虎)의 싸움'이라는 노래의 한 구절─옮긴이)

그때 마침 자오 영감 댁 두 남자와 일가친척 둘이 대문 앞에서 혁명 이야기를 하고 있었다. 아Q는 그들을 미처 보지 못한 채 가슴을 젖히고 큰 소리로 노래를 부르며 걸어갔다.

"얼씨구……."

"이보게, 아Q 씨!"

자오 영감이 겁먹은 표정으로 다가서며 주눅이 든 목소리로 그를 불렀다.

"지화자……."

'씨' 자를 붙여 자기 이름을 부르리라고는 생각지도 못했기 때문에 아Q는 다른 사람을 불렀겠거니 하고 계속 노래를 부르며 걸어갔다.

"얼씨구 좋다! 지화자 좋을시고!"

"아Q 씨!"

"후회한들 무엇하랴……."

"아Q!"

결국 수재가 할 수 없이 그의 이름을 불렀다.

아Q는 그제야 걸음을 멈추고 고개를 갸우뚱하며 물었다.

"뭐요?"

"아Q 씨…… 요즘……."

자오 영감은 입을 떼었지만 말을 잇지 못하고 주저했다.

"요즘…… 돈벌이가 좋지?"

"돈벌이요? 물론이죠. 갖고 싶은 건 다 가질 수……."

"아…… Q 씨, 우리 같은 가난뱅이들은 걱정하지 않아도 되겠지……?"

자오바이옌이 혁명당 소식을 들어보려는 듯 더듬거리며 조심스럽게 말을 꺼냈다.

"가난뱅이들이라고? 당신들은 나보다 훨씬 부자잖아!"

아Q는 한마디 하더니 그냥 가버렸다.

모두 맥이 빠진 듯 아무 말도 하지 않았다. 자오 영감과 아들은 집으로 돌아가 등잔불까지 켜고 상의했다. 자오바이옌도 집으로 돌아가자마자 허리춤에 차고 있던 전대를 풀어 아내한테 주면서 궤짝 밑에 잘 숨겨두라고 말했다.

아Q는 잔뜩 들떠서 돌아다니다 사당으로 돌아왔다. 술은 벌써 깨어 있었다. 사당을 관리하는 노인도 그날따라 살갑게 굴면서 차를 대접해주었다. 아Q는 노인한테 떡을 2개나 얻어먹고, 쓰다 남은 촛대와 초를 달라고 해서 불을 켜고 자리에 누웠다. 아Q는 말할 수 없이 기분이 좋았다. 정월 대보름날 밤처럼 환한 촛불이 너울대며 춤을 추었고, 그의 생각도 덩달아 춤추기 시작했다.

'반란이라……? 이거 재밌는걸. 흰 갑옷에 흰 투구를 쓴 혁명당이 몰려온다 이거지. 제각기 칼을 차고 쇠 채찍을 들고, 폭탄에 총을 들고 사당으로 와서, '아Q! 자, 같이 가세!'라고 하면 함께 가야지. 그러면 웨이좡의 머저리 같은 연놈들이 무릎을 꿇고 '아Q! 제발 살려주세요!'라며 애원하겠지. 그런다고 눈 하나 깜짝할 줄 알고? 맨 먼저 샤오D와 자오 영감부터 처치해버려야지. 그다음은 수재 놈이랑 가짜 양놈. 몇 놈은 봐줄까? 왕 털보는 봐줘? 아니야, 안 돼…….

물건들은 어떻게 할까? 곧장 쳐들어가 궤짝을 열어젖히면 보석에, 은화에, 비단에……. 수재 마누라의 닝보(寧波)식 침대부터 옮기자. 그리고 첸 영감 집에 있는 탁자와 걸상도 가져와야지. 아니, 자오 영감 집에 있는 걸 가져올까? 나는 손 하나 까딱할 필요 없어. 샤오D를 시키면 되니까. 그놈이 꾸물거리면 뺨따귀를 올려붙여야지…….

자오쓰천의 누이동생은 너무 못생겨서 안 되겠어. 쩌우치의 딸년은 너무 어리니 몇 년 더 기다려야겠지. '가짜 양놈' 여편네는 변발도 하지 않은 놈하고 잤으니 변변치 못한 년이고! 수재 마누라는 눈꺼풀에 흉터가 있고……. 그러고 보니 우 어멈을 본지 오래됐군. 어디 갔지? 발만 조금 더 작았으면…….'

아Q는 이런 생각을 하다가 드르렁드르렁 코를 골며 잠이 들었다. 아직 반도 타지 않은 촛불이 헤벌린 그의 입속을 비췄다.

"어!"

아Q는 돌연 소리를 지르며 벌떡 일어나 주위를 휙 둘러보더니 촛불을 한번 쳐다보고는 다시 누워 잠이 들었다.

이튿날 아Q는 느지막이 일어났다. 거리에 나가 보았지만 모든 것이 변함없었다. 여전히 배가 고팠고, 허기를 채울 궁리를 해보았지만 별반 신통한 생각이 떠오르지 않았다. 그러다 문득 아Q는 무슨 좋은 생각이라도 난 듯 느릿느릿 걸어가서 어느새 정수암에 다다랐다.

암자는 지난봄과 다름없이 조용했고, 흰 담벼락과 검정색 문도 그대로였다. 아Q는 잠시 망설이다가 문을 두드렸다. 안에서 개 짖는 소리가 나기에 얼른 돌덩이 하나를 집어 들고 문을 세게 두드렸다. 검정 대문에 자국이 날 때쯤 누군가 문을 여는 소리가 들렸다.

아Q는 돌덩이를 움켜쥔 채 다리를 벌리고 서서 검정개와 맞닥뜨릴 태세를 갖췄다. 하지만 암자의 문이 빼꼼히 열렸을 뿐 검정개는 뛰쳐나오지 않았다. 안을 살며시 들여다보니 늙은 비구니가 있었다.

"뭐하러 또 왔어?"

늙은 비구니가 깜짝 놀라며 말했다.

"혁명이 일어났소……. 알고 있소?"

아Q는 우물우물했다.

"혁명이라니……? 혁명은 벌써 끝났는데……. 그건 그렇고 혁명으로 우리를 어떻게 하겠다는 거야?"

늙은 비구니는 핏발이 일어선 눈으로 대꾸했다.

"뭐라고……?"

아Q는 무슨 말을 하는지 알 수 없었다.

"몰랐어? 혁명을 한다면서 벌써 왔다 갔어."

"누가……?"

아Q는 더욱더 알 수가 없었다.

"자오 수재랑 가짜 양놈이지 누구야!"

아Q는 뜻밖의 대답에 어리둥절했다. 늙은 비구니는 아Q가 넋을 잃은 표정으로 서 있자 얼른 문을 닫아버렸다. 아Q가 다시 밀어보았지만 문은 꿈쩍도 하지 않았다. 아무리 두드려도 소용없었다.

아침나절의 일이었다. 자오 수재는 동정을 엿보다가 혁명당이 지난밤에 이미 성내에 진입했다는 소식을 듣자마자 재빨리 변발을 머리 위로 틀어 올리고, 아침 일찍 친하게 지내지도 않던 첸 영감네 가짜 양놈을 찾아갔다. 바야흐로 모두 함께 새로워지는 '함여유신(咸與惟新)'(《서경》에 나오는 말로 '다 함께 새로워지자, 즉 '모든 것을 혁신한다'는 뜻—옮긴이) 시대였으므로, 그들은 몇 마디 나누자마자 곧바로 의기투합했고, 동지가 되어 함께 혁명에 나서자고 약속했다. 그리고 그들은 궁리하던 끝에 정수암에 '황제 폐하 만세! 만만세!'라고 적힌 나무 위패가 있다는 것을 생각해내고는, 맨 먼저 그것부터 없애려고 곧장 정수암에 온 것이었다. 그러나 늙은 비구니가 그들을 막아서며 뭐라고 하자, 그들은 그녀를 청나라의 잔당으로 몰아세우며 몽둥이질과 주먹질을 퍼부었다. 그들이 돌아가고 나서 늙은 비구니가 정신을 차려보니, 위패는 박살이 나 있었고 관음상 앞에 놓여 있던 선덕향로(명나라 선종 때 주조된 향로—옮긴이)도 온데간데없었다.

뒤늦게 이 사실을 알고 아Q는 세상모르도록 늦잠 잔 것을 후회했다. 그리고 그들이 자기를 부르러 오지 않은 것도 원망스러웠다. 그는 다시 한 걸음 물러나 생각해보았다.

'내가 이미 혁명당에 투항한 것을 모르나?'

# 제8장

# 혁명 불허(不許)

웨이좡의 민심은 점차 안정되어 갔다. 소문에 의하면, 혁명당이 성내로 진입하기는 했어도 큰 변동은 없었다고 했다. 지현(知縣, 현의 우두머리—옮긴이)도 관직 이름만 달라졌을 뿐 그대로 있고, 거인 영감도 무슨 벼슬자리(웨이좡 사람들은 모르는 직책이었다)를 맡았다고 했고, 군대를 이끄는 사람도 기존의 파총(把總, 최하위급 무관의 명칭—옮긴이) 그대로라는 것이었다.

다만 무서운 일이 하나 있는데 난폭한 혁명 당원이 소란을 피운다는 것이었다. 그들은 성으로 들어온 다음 날부터 사람들의 변발을 자르고 다니는데, 이웃 마을에 사는 치진이라는 뱃사공이 그들에게 변발을 잘린 것을 보니 꼴이 말이 아니라고 했다.

하지만 그런 것은 크게 겁내지 않아도 되었다. 왜냐하면 웨이챵 마을 사람들은 성내에 거의 들어가지 않았고, 혹 성내에 볼일이 있어도 들어가지 않으면 그만이었으니 크게 봉변당할 일이 없었다. 아Q도 성내에 들어가 예전 친구를 만나볼까 했는데 이런 이야기를 듣고 곧바로 단념했다.

하지만 웨이챵에 개혁이 일어나지 않은 것은 아니었다. 며칠 지나자 사람들이 변발을 머리 위로 틀어 올리고 다니기 시작한 것이다. 앞에서도 말했듯이, 맨 먼저 나선 것은 당연히 자오 수재였고, 그다음이 자오쓰천과 자오바이옌, 그다음이 아Q였다.

여름 같으면 사람들이 변발을 머리 위로 틀어 올리거나 묶는 것이 그다지 이상한 일도 아니지만, 지금은 늦가을이었다. 말하자면 '가을에 여름옷을 입은' 셈이니 엄청난 용단을 내린 것이었다. 이렇듯 웨이챵도 혁명과 무관하다고는 할 수 없었다.

자오쓰천이 뒤통수를 훤히 드러낸 채 걸어오자 사람들이 떠들어댔다.

"와, 혁명당이다!"

아Q는 그것이 몹시 부러웠다. 자오 수재가 변발을 말아 올렸다는 소식은 진작부터 들어 알고 있었지만, 자기도 그렇게 할 생각은 하지 못했다. 그런데 자오쓰천마저 그렇게 하고 다니는 것을 보고는 마음이 동해서 자기도 그렇게 하리라 결심했다. 아Q는 변발을 머리 위로 틀어 올려 대나무 젓가락으로 고정하고는 한참을 망설이던 끝에 겨우 용기를 내어 거리로 나갔다.

그러나 사람들은 그런 아Q의 모습을 보고 아무 말도 하지 않았다. 아Q는 기분이 좋지 않았고, 급기야 화가 치밀었다. 요즘 아Q는 걸핏하면 짜증을 부렸다. 물론 혁명 전보다 나아지기는 했다. 사람들은 그를 정중히 대했고, 가게에서도 당장 돈을 내라고 하지 않았다. 하지만 아Q는 실망에 빠져 있었다. 혁명이 일어났는데 이래서는 안 된다는 생각이 들었다. 더욱이 샤오D를 보고는 화가 치밀어 더 이상 참을 수가 없었다.

왜냐하면 샤오D도 자기처럼 대나무 젓가락으로 변발을 틀어 올렸던 것이다. 아Q는 샤오D가 자기를 따라 하리라고는 꿈에도 생각지 못했고, 그냥 넘어갈 수도 없었다. 샤오D 따위가 감히? 당장 샤오D를 붙잡아서 그놈의 대나무 젓가락을 뽑아 말아 올린 머리를 풀어버리고 젓가락을 부러뜨린 다음 뺨따귀를 올려붙이고 싶었다. 그렇게 해서 분수도 모르고 감히 혁명 당원이 되고자 하는 죄를 응징하고 싶은 마음이 굴뚝같았다. 하지만 아Q는 그를 용서하기로 하고, 단지 눈을 치뜨고 노려보면서 퉤,

하고 침을 뱉었다.

요 며칠 동안 성내에 들어간 사람은 가짜 양놈 한 사람뿐이었다. 자오 수재도 옷상자를 맡아준 것을 내세워 거인 영감을 찾아가고 싶었으나 성내에 들어갔다가 변발을 잘릴까 봐 그만두었다. 그래서 그는 정중하게 격식을 갖춰서 쓴 편지 한 통을 가짜 양놈 편에 보내면서 자유당(自由黨)에 입당할 수 있도록 주선해달라고 부탁했다. 성내에 들어갔던 가짜 양놈이 돌아와 수재에게 자기가 대신 은전 네 냥을 사례금으로 줬으니 그것을 달라고 했다. 그리고 그날부터 수재는 가슴에 은복숭아(자유당의 배지―옮긴이) 휘장을 달고 다녔다.

이것을 보고 웨이좡 사람들은 깜짝 놀라면서 존경을 표했다. 그것은 시유당(柿油黨, 무지한 시골 사람들이 들리는 대로 표현한 것을 풍자했다.―옮긴이)의 훈장이며, 한림학사와 다름없다고 생각했던 것이다. 이때부터 자오 영감은 아들이 과거 급제해서 수재가 되었을 때보다 훨씬 더 거들먹거렸다. 그러니 아Q 따위는 거들떠보지도 않았다.

그렇지 않아도 불만이 잔뜩 쌓인 데다 소외감을 느끼고 있던 아Q는 은복숭아 배지 이야기를 듣자 자신이 푸대접을 받는 이유를 알 만했다. 말로만 혁명 당원이 되는 것은 아무 소용 없다. 혁명당에 들어갔다거나 변발을 틀어 올리는 것만으로도 안 된다. 가장 중요한 것은 혁명 당원과 연줄을 맺는 것이었다.

하지만 그가 알고 있는 혁명 당원은 단 두 사람뿐이었다. 그중 하나는 이미 성내에서 목이 '싹둑!' 잘려버렸으니, 이제 남은 것은 가짜 양놈 한 사람뿐이었다. 그러니 지금 당장 가짜 양놈을 찾아가서 부탁하는 것 말고 다른 방법이 없었다.

첸 영감 댁에 가자 마침 대문이 활짝 열려 있었다. 발소리를 죽이며 안으로 들어간 아Q는 깜짝 놀라 걸음을 멈췄다. 가짜 양놈이 마당 한가운데 떡하니 서 있었는데, 온몸을 감싸고 있는 검은 옷은 필시 양복인 듯했고, 가슴에는 은복숭아를 달고, 손에는 예전에 아Q를 때리던 지팡이를 들고 있었다. 그리고 한 자 남짓 자란 변발을 어깨까지 늘어뜨리고 있었는데, 봉두난발한 모양새가 마치 유해선인(劉海仙人, 당나라 말 종남산에서 도를 닦아 신선이 되었다고 전해지는 사람—옮긴이) 같았다. 자오바이옌과 동네 건달 셋이 똑바로 서서 가짜 양놈의 이야기를 공손하게 듣고 있는 참이었다.

아Q는 살며시 들어가서 자오바이옌 뒤에 섰는데, 가짜 양놈을 도대체 뭐라고 불러야 할지 알 수가 없었다. '가짜 양놈'이라고 부를 수도 없고, 그렇다고 양놈이나 혁명당이라고 부르는 것도 아닌 것 같았다. 아무래도 '서양 선생'이라고 불러야 하나.

하지만 '서양 선생'은 눈을 부릅뜨고 얘기하는 데 열중하느라 아Q를 보지 못했다.

"나는 성미가 급해서 만나자마자 이렇게 말했지. 훙(洪, 위안스카이에 이어 중화민국 대총통이 되었던 리위안훙을 말한다. ─옮긴이) 형 바로 합시다. 하지만 그 양반은 '노(NO)!'라고 했어. 이건 서양 말이라 자네들은 모를 거야. 그러지 않았다면 벌써 성공했을 텐데. 너무 신중해서 그러는 거야. 그는 나한테 몇 번이고 후베이(湖北, 신해혁명의 발상지 ─옮긴이)로 가달라고 부탁했지만 나는 거절했어. 나 아니면 누가 이런 작은 동네에서 일하겠나……."

"아…… 저……."

그가 잠시 말을 멈췄을 때 아Q가 용기를 짜내 입을 열었다. 그러나 도무지 '서양 선생'이라는 말이 나오지 않았다.

네 사람 모두 깜짝 놀라 아Q를 쳐다보았다. 서양 선생도 그제야 그를 돌아보았다.

"뭔가?"

"저……."

"나가!"

"저도 들어가려……"

"썩 꺼지지 못해!"

서양 선생이 곡상봉을 쳐들며 소리치자, 자오바이옌과 세 건달들도 소리쳤다.

"선생님이 꺼지라고 하시잖아. 안 들려?"

아Q는 자기도 모르게 양손으로 머리를 감싸 쥐고 밖으로 도망쳤다. 서양 선생이 쫓아오지는 않았다. 아Q는 예순 걸음쯤 달아났을 때 겨우 걸음을 늦췄다.

아Q는 돌연 설움이 복받쳐 올랐다. 서양 선생이 받아주지 않으면 달리 방법이 없었던 것이다. 이제는 흰 갑옷에 흰 투구를 쓴 사람들이 그를 부르러 올 것이라는 희망마저 사라져 버렸다. 그의 모든 꿈과 희망, 앞날에 대한 기대가 모두 물거품이 되었다. 건달들이 마을을 주름잡고 다니고, 샤오D나 왕 털보 따위에게 비웃음을 사는 것은 그다음 문제였다.

지금까지 아Q는 이처럼 참담한 기분을 맛본 적이 없다. 변발을 머리 위로 틀어 올려도 아무 소용 없었고 되레 굴욕적인 기분이었다. 복수하는 심정으로 당장 변발을 풀어버릴까 싶은 마음도 들었지만 차마 그러지는 못했다. 아Q는 밤중까지 쏘다니다 술집에 가서 외상술을 두어 잔 들이켰다. 술기운이 감돌자 서서히 기분이 좋아지기 시작했고, 다시금 흰 갑옷과 흰 투구가 부분적으로 떠올랐다.

그러던 어느 날이었다. 여느 때처럼 아Q는 밤중까지 건들거리며 돌아다니다 술집이 문 닫을 즈음 사당으로 돌아왔다.

"탕! 탕!"

별안간 이상한 소리가 들렸다. 폭죽 소리는 아니었다. 원체 구경거리를 좋아하고 남의 일에 끼어들기를 좋아하는지라, 아Q는 어둠을 뚫고 소리 나는 쪽으로 곧장 달려갔다. 그런데 앞쪽에서 발소리가 나는 것 같더니, 별안간 한 남자가 그의 앞에 나타나 냅다 뛰어가는 게 아닌가. 아Q도 덩달아 방향을 돌려 그의 뒤를 쫓아가기 시작했다. 남자가 골목길 모퉁이를 돌면 아Q도 따라 돌았다. 그 남자가 멈춰 서자 아Q도 멈춰 서서 뒤돌아보았지만 따라오는 사람은 아무도 없었다. 남자는 다름 아닌 샤오D였다.

"뭐야?"

아Q는 벌컥 화를 내며 물었다.

"자오…… 자오 영감 댁이 털렸어!"

샤오D가 숨을 헐떡거리며 말했다.

아Q의 심장이 마구 뛰었다. 샤오D가 또다시 달아나자 아Q도 뛰어갔다. 그러나 아Q는 달아나면서 두서너 번이나 멈춰 섰다. 아무래도 이 방면에 이골이 난지라, 대담하게 길모퉁이로 나가 귀를 기울였다. 왁자지껄한 소리가 들리기에 눈여겨보니 흰 갑옷에 흰 투구를 쓴 사람들이 자오 영감 댁에서 연달아 세간들을 둘러메고 나왔고, 어두워서 또렷이 보이지는 않았지만 수재 마누라의 닝보 침대까지 끌고 나오는 것 같았다. 아Q는 더 가까이 다가가 좀더 자세히 보고 싶었지만 도무지 발이 떨어지지 않았다.

그믐밤의 짙은 어둠 속에서 웨이좡 마을은 정적에 휩싸였다. 마치 전설 속 복희(伏羲) 시대처럼 태평스럽게 느껴지기까지 했다. 아Q는 오랫동안 그 자리에 서서 지켜보았다. 사람들은 계속 들락날락하며 가구와 상자, 수재 마누라의 닝보 침대까지 나르고 있었다. 눈으로 보고도 믿어지지 않았지만 아Q는 더 이상 다가가지 않고 사당으로 돌아왔다.

사당 안은 더욱 깜깜했다. 그는 대문을 잠그고 더듬거리며 자기 방으로 들어갔다. 한참 누워 있으니 겨우 마음이 가라앉았다. 아Q는 또다시 생각했다. 흰 갑옷을 입고 흰 투구를 쓴 사람들이 왔는데도 나를 부르지 않았다. 그렇게 많은 물건들을 끌어냈는데도 내 것은 하나도 없다니. 이게 다 그 염병할 가짜 양놈 탓이다. 그놈이 나를 반란에 끼지 못하게 막아서 그래. 그렇지 않으면 왜 내 몫이 없냐고?

아Q는 생각하면 할수록 화가 치밀고 끓어오르는 분노를 억누를 수 없었다. 그는 이를 갈면서 고개를 저었다.

"나를 빼고 네놈들만 반란을 일으켰다 이거지? 이 염병할 가짜 양놈! 좋다, 네놈이 반란을 했겠다! 반란을 일으킨 놈은 목을 날려버려야 해. 내 반드시 네놈을 고발해서 성내로 끌고 가 목을 칠 테다. 온 가족의 목을 다 날려버릴 테다! 싹둑! 싹둑!"

# 제9장

# 대단원

자오 영감 댁이 약탈당하자 웨이좡 사람들은 내심 고소해하면서도 두려웠다. 아Q도 마찬가지였다.

그로부터 나흘 뒤, 아Q는 한밤중에 별안간 체포되어 성내로 끌려갔다. 칠흑 같은 밤이었는데, 한 소대의 병사들과 한 소대의 자경단, 또 경찰 한 소대와 밀정 5명이 몰래 웨이좡으로 숨어들었다. 불도 켜지 않은 채 사당을 포위하고 대문 맞은편에는 기관총까지 배치했다. 하지만 아Q는 뛰쳐나오지 않았다.

한참을 기다려도 아무런 낌새가 없자 다급했던지 대장이 상금 20냥을 걸었다. 그러자 자경단 둘이 담을 뛰어넘었고, 안팎에서 손발을 맞춰 한꺼번에 쳐들어가 아Q를 붙잡았다. 아Q는 사당 밖으로 끌려 나와서야 겨우 정신을 차렸다.

성에 도착했을 때는 이미 정오였다. 아Q는 관청 출입문을 지나 대여섯 번 모퉁이를 돌아서 작은 방까지 끌려갔다. 방 안으로 내쳐지듯 밀어뜨리는 바람에 아Q는 비틀거리다 쾅 하고 닫히는 통나무 문에 발뒤꿈치를 세게 부딪혔다. 사방이 벽으로 둘러싸인 방 한구석에 두 사람이 더 있었다.

아Q는 조금 긴장하기는 했지만 그리 심란하지는 않았다. 왜냐하면 사당의 방도 이보다 더 나을 게 없었기 때문이다. 먼저 들어온 두 사람도 촌뜨기 같았다. 시간이 지나자 그들은 아Q에게 말을 걸기 시작했다. 한 사람은 그의 할아버지가 거인 나리한테 빚진 소작료 때문에 붙잡혀 왔다고 했고, 다른 한 사람은 자기가 잡혀 온 이유를 도무지 알 수 없다고 했다. 그들이 아Q에게 왜 잡혀 왔느냐고 묻자 그는 서슴없이 대답했다.

"내가 반란을 꾀했거든."

오후에 아Q는 대청으로 끌려 나갔다. 높은 자리에 머리를 빡빡 깎은 노인이 앉아 있었다. 아Q는 처음에 중인 줄 알았다. 아래쪽에 병사들이 일렬로 늘어서고, 그 양옆으로 긴 겉옷을 걸친 사람들이 10명 남짓 서 있었는데, 그들도 노인처럼 머리를 빡빡 깎았거나 몇 명은 가짜 양놈처럼 한 자가 넘는 머리칼을 뒤로 늘어뜨리고 있었다. 모두 무서운 얼굴로 아Q를 노려보았다.

필시 높은 사람들이라는 생각이 들자, 아Q는 별안간 무릎에 힘이 풀리면서 저도 모르게 꿇어앉았다.

"일어나! 꿇어앉지 말고!"

긴 겉옷을 입은 사람들이 일제히 호통을 쳤다.

아Q는 일어나려고 했지만 도무지 서 있을 힘이 없어서 점점 움츠러들더니 결국 다시 꿇어앉고 말았다.

"노예근성하고는!"

경멸하는 투였지만 다시 일어나라고 하지는 않았다.

"풀려나고 싶거든 사실대로 말하거라! 이미 다 알고 있다. 이실직고하면 풀어주마."

머리를 빡빡 깎은 노인이 아Q를 뚫어져라 쳐다보더니 큰 소리로 엄하게 말했다.

"어서 사실대로 말하지 못할까!"

긴 겉옷을 입은 사람이 소리쳤다.

"사실은…… 반란군에 가담하려고……."

아Q는 갈피를 잡을 수 없었으나 정신을 가다듬고 더듬더듬 말했다.

"그런데 왜 가담하지 않았나?"

노인이 짐짓 부드러운 투로 물었다.

"가짜 양놈이 받아주지 않았습니다요!"

"헛소리 마라! 그런 말 해봐야 이미 늦었어. 네 패거리들은 지금 어디 있느냐?"

"네?"

"그날 밤 자오 씨 집을 약탈한 일당들 말이다!"

"그놈들은 저를 부르지 않았습니다요. 자기들끼리 털고 가버렸습니다요."

아Q는 그 생각을 하자 다시금 화가 치밀었다.

"어디로 갔는지 말하거라. 솔직히 말하면 풀어주마."

노인이 더욱 나긋하게 말했다.

"정말 모릅니다요……. 그놈들이 저를 부르지도 않고……."

노인이 눈짓하자 아Q는 다시 감방으로 끌려갔다. 그가 다시 대청으로 끌려 나온 것은 다음 날 오전이었다.

전날과 다름없이 윗자리에 머리를 빡빡 깎은 노인이 앉아 있었고, 아Q는 무릎을 꿇고 있었다.

노인이 나긋하게 물었다.

"할 말 없느냐?"

아Q는 잠시 생각해봤지만 할 말이 떠오르지 않았다.

"없습니다."

그러자 긴 겉옷을 입은 사람이 종이 한 장과 붓 한 자루를 가져왔다. 그가 붓을 쥐어주려고 하자 아Q는 깜짝 놀라 넋을 잃을 지경이었다. 왜냐하면 붓을 쥐기는 생전 처음이었기 때문이다. 붓을 어떻게 쥐는지도 몰라 머뭇거리고 있는데 그 사람이 한 곳을 가리키며 서명하라고 했다.

"저…… 저는 글을 쓸 줄 모릅니다요."

아Q는 붓을 손에 쥔 채 부끄러운 표정으로 말했다.

"그럼 그냥 동그라미나 하나 그려!"

아Q는 동그라미를 그리려 했지만 붓을 쥔 손이 부들부들 떨렸다. 그러자 붓을 쥐어준 사람이 종이를 바닥에 펴주었고, 아Q는 엎드려서 온힘을 다해 동그라미를 그렸다. 아Q는 사람들이 비웃을까 봐 어떻게든 잘 그리려고 했지만 빌어먹을 붓이 어찌나 무거운지 제대로 말을 듣지 않았다. 떨리는 손을 간신히 다잡고 그려나갔는데 마지막에 선이 삐치는 바람에 결국 호박씨 모양이 되고 말았다.

아Q는 동그라미 하나도 제대로 그리지 못한 것을 부끄럽게 생각했지만 그 사람은 전혀 신경 쓰지 않고 얼른 종이와 붓을 가져가 버렸다. 그리고 여럿이 달려들어 그를 다시 감방으로 끌고 갔다.

세 번째 갇혔지만 아Q는 크게 걱정하지 않았다. 살다 보면 감옥에 갇힐 수도 있는 것 아닌가. 또 때로는 동그라미를 그려야 할 때도 있는데, 제대로 그리지 못한 것이 아무래도 자기 인생에 큰 오점으로 남은 듯했다. 하지만 얼마 지나지 않아 그것도 대수롭지 않게 여겼다. 동그라미는 애들이나 그리는 거지, 하고는 곧 잠들었다.

반면 이날 밤 거인 영감은 한숨도 잠을 이루지 못했다. 그날 파총과 싸웠기 때문이다. 거인 영감은 무엇보다 도둑맞은 물건부터 찾아야 한다고 했지만, 파총은 본보기로 죄인을 처벌하는 것이 먼저라고 주장했다.

요즘 파총은 거인 영감쯤은 개의치 않았다. 그는 탁자를 치면서 말했다.

"일벌백계(一罰百戒, '한 사람을 벌주어 백 명을 경계한다'는 뜻—옮긴이)해야 하오! 내가 혁명 당원이 된 지 20일도 채 못 되어 벌써 강도 사건이 열 건 넘게 발생했고, 아직까지 하나도 해결하지 못했으니 내 체면이 뭐가 되냔 말이오? 그나마 범인을 잡아 사건 하나를 해결하려는데 쓸데없는 소리로 참견하다니! 이건 내 권한이오!"

그 말을 듣고 거인 영감은 어이가 없었다. 하지만 그는 물러서지 않고 도둑맞은 물건을 수배하지 않으면 민정(民政) 직무를 그만두겠다고 으름장을 놓았다. 그러자 파총이 말했다.

"좋을 대로 하시오!"

거인 영감은 그날 밤 한숨도 이루지 못하고 뜬눈으로 밤을 지새웠다. 하지만 이튿날 사임하지는 않았다.

아Q가 세 번째로 끌려 나온 것은 거인 영감이 잠을 설친 다음 날 오전이었다. 역시나 대청 정면에 예의 그 빡빡머리 노인이 앉아 있었다. 아Q는 여전히 무릎을 꿇고 앉았다.

"아직도 할 말이 없느냐?"

노인이 아주 나긋하게 물었다.

아Q는 생각해봤지만 딱히 할 말이 없기는 마찬가지였다.

"없습니다요."

그러자 갑자기 긴 겉옷을 입은 사람들과 짧은 겉옷을 입은 사람들이 뛰어오더니 그에게 하얀 무명 조끼를 입혔다. 거기에는 까만 글자가 씌어 있었다. 아Q는 몹시 기분이 나빴다. 마치 상복 같았고, 상복은 매우 불길한 것이기 때문이었다. 아Q는 양손을 뒤로 묶인 채 관청 출입문 밖으로 끌려 나갔다.

아Q는 뚜껑이 덮이지 않은 수레에 태워졌다. 짧은 겉옷을 입은 사람 몇 명이 함께 올라타자 곧바로 수레가 움직였다. 총을 멘 병사들과 자경단들이 앞장섰고, 길 양옆을 가득 메운 수많은 구경꾼들이 입을 헤벌린 채 쳐다보았다. 뒤쪽은 어떤지 볼 수 없었다. 그때 아Q의 머릿속을 퍼뜩 스치는 것이 있었다. 내 목을 치려고 데려가는 것인가! 그 순간 아Q는 가슴이 철렁 내려앉으며 눈앞이 캄캄해지는 듯했다. 귀가 윙윙거리면서 까무러칠 것 같았다. 하지만 아Q는 정신을 잃고 쓰러지지는 않았다. 안절부절못하다가도 다시 마음을 가라앉히곤 했다. 사람이 살다 보면 목이 잘리기도 하겠지, 하는 생각마저 들었다.

한편 아Q는 이상하다는 생각이 들었다. 형장으로 가는 방향이 아니었기 때문이다. 사실 거리로 끌고 다니면서 사람들에게 본보기를 보이려는 것이었는데, 아Q는 그것을 전혀 알아채지 못했다. 설령 알았다 한들 달라지는 것은 없었으리라. 살다 보면 때로는 본보기로 거리를 끌려 다닐 수도 있다고 생각했을 것이다.

하지만 결국 아Q는 깨달았다. 멀리 돌아서 가기는 했지만 어쨌든 형장으로 가고 있다는 것을. '싹둑!' 하고 목이 잘릴 것이 틀림없으리라. 그는 초점 잃은 눈으로 멍하니 주위를 돌아다보았다. 그때 시커먼 개미떼처럼 따라오는 군중 속에서 뜻밖에 우어멈이 보였다.

정말 오랜만이었다. 그녀는 성내에서 일하고 있었다. 아Q는 돌연 무력한 자신이 부끄러웠다. 연극에 나오는 노래 한 소절조차 부르지 못하는 신세라니. 생각이 회오리를 치는 것 같았다. '청상과부 성묘 가네'는 모양이 안 나고, '용호의 싸움' 중 '후회한들 무엇하랴'는 맥이 없다. 아무래도 '쇠 채찍으로 네놈을 후려치리라'가 낫겠다. 그는 손을 쳐들고 노래를 부르려고 했으나, 양손이 묶여 있음을 깨닫고, '쇠 채찍으로……'마저 단념하고 말았다.

"20년이 지나면 다시 사내로 태어나……."

다급해진 아Q의 입에서 이제껏 누구에게 배운 적 없고, 한 번도 불러본 적 없는 노래가 튀어나왔다.

그러자 군중 속에서 찢어질 듯한 소리가 터져 나왔다.

"잘한다!"

수레는 쉬지 않고 계속 나아갔다. 군중들이 박수를 치는 가운데 아Q는 눈으로 우 어멈을 계속 좇았지만, 그녀는 도통 그를 보지 않고 군인들이 메고 있는 총만 멍하니 쳐다보았다. 아Q는 박수를 치고 있는 사람들을 둘러보았다.

그러자 아Q의 머릿속에서 다시금 생각이 회오리를 쳤다. 4년 전 그는 산기슭에서 굶주린 이리 한 마리를 맞닥뜨렸다. 그놈은 다가오지도 않고 달아나지도 않으면서 일정한 거리를 두고 그를 좇아왔다. 적당한 때를 노려 그를 잡아먹으려는 것이었다. 그는 너무 놀라 숨이 멎을 지경이었다. 다행히 쥐고 있던 도끼 한 자루로 경계하면서 겨우 웨이좡까지 돌아왔다. 하지만 그 이리의 눈빛만은 영원히 잊을 수가 없었다. 독살스러우면서도 두려움이 서린, 마치 도깨비불처럼 번득이던 두 눈이 금방이라도 달려들어 자기의 살을 파먹을 것 같았다.

그리고 지금 아Q는 이리보다 더 무서운, 지금까지 한 번도 본 적 없는 무시무시한 눈빛을 보았다. 아둔하면서도 날카로운, 이미 아Q의 말을 뜯어 삼키고, 그의 피와 살과 그 이상의 것까지도 뜯어 삼키려고, 더 다가오지도 더 물러나지도 않은 채 영원히 그를 좇는 눈빛을.

그 눈빛들이 한꺼번에 달려들어 자기의 영혼을 파먹는 것 같았다.

'사람 살려……'

하지만 아Q는 이 말을 입 밖에 내뱉지 못했다. 눈앞이 캄캄하고 귀가 윙윙거리며 온몸이 산산이 뜯겨 나가는 것 같았기 때문이다.

이 사건으로 가장 손해를 많이 본 사람은 공교롭게도 거인 영감이었다. 도둑맞은 물건들을 찾지 못해 온 가족이 울고불고했던 것이다. 그다음으로 낭패를 본 것은 자오 영감 댁이었다. 수재가 도둑맞았다고 신고하러 성내에 들어갔다가 난폭한 혁명당원에게 붙잡혀 변발을 잘린 데다 현상금으로 내건 20냥까지 날려버려 온 식구들이 울부짖고 야단법석이었다. 그날 이후 그들에게는 몰락한 관리의 기색이 역력했다.


한편 웨이좡 마을에서는 아Q가 잘못했다는 여론이 지배적이었다. 그가 총살을 당한 것이 바로 그 증거인데, 잘못한 것이 없는 사람이 총살까지 당할 리 없지 않느냐는 것이었다. 하지만 성내의 여론은 썩 좋지 않았다. 성내 사람들은 대부분 불만을 표했는데, 총살은 목을 치는 것보다 시시하다는 것이었다. 더구나 얼마나 신통찮은 사형수였던가? 그렇게 오래 거리를 끌려 다니면서도 끝내 노래 한 소절 부르지 못하다니. 괜히 따라다니면서 헛걸음만 했다고 불만이 이만저만이 아니었다.

—1921년 12월

광인일기

이름을 밝힐 수 없으니 모(某) 씨 형제라고 하겠다. 중학교 때부터 두 사람과 친하게 지냈는데, 서로 멀리 떨어져 살다 보니 점차 소식도 뜸해졌다.

그러다 며칠 전 형제 중 하나가 중병을 앓고 있다는 소식을 들었다. 그래서 고향 가는 길에 그 집에 잠시 들러 형제 중 하나를 만났는데, 병에 걸린 사람은 동생이라고 했다. 힘들게 먼 길 왔는데, 동생은 이미 병이 다 나아서 어느 지방에 발령을 받아 갔다는 것이었다. 그는 활짝 웃더니 동생의 병이 어땠는지 알 수 있을 거라며 일기장 두 권을 건넸다. 옛 친구이니 보여줘도 될 것 같다면서.

일기장을 대충 훑어보니 그 동생이 앓았던 병은 피해망상증

비슷한 것이었다. 글이 난삽한 데다 두서없고 황당한 소리뿐이었다. 날짜도 적혀 있지 않았고, 먹 색깔과 글씨체도 일정하지 않은 것으로 보아 한 번에 적어 내려간 것은 아님을 알 수 있었다. 하지만 그럴듯한 부분이 간간이 눈에 띄기에 그것만 추려 의학 연구 자료로 제공하려 한다. 틀린 부분을 굳이 정정하지 않고 그대로 두었는데, 등장인물의 이름은 바꿨다. 모두 마을 사람들인 데다 그리 유명한 인물들도 아니어서 이러나저러나 상관없지만. 또 제목은 본인이 완쾌되고 나서 붙인 것이어서 굳이 바꾸지 않았다.

## 1

오늘 밤은 달빛이 유난히 밝다.

달을 못 본 지 30년이나 되었는데, 오늘에야 달을 보니 기분이 정말 좋다. 그러고 보니 30년 넘게 나는 제정신이 아니었다. 하지만 그래도 조심해야 한다. 그나저나 자오(趙) 씨네 개는 왜 나를 빤히 노려보는 거지?

그러니 내가 두렵지 않겠는가.

## 2

오늘 밤은 달빛이 전혀 비치지 않는다. 심상치 않다. 아침에 주위를 살피며 집을 나서는데 자오구이(趙貴) 영감이 묘한 눈초리로 쳐다보았다. 나를 두려워하는 것 같기도 하고, 해치려는 것 같기도 했다. 나를 경계하며 머리를 맞대고 나에 대해 속닥거리는 사람들도 있었다. 길거리에 있던 사람들이 다 그런 식이었다. 그중 가장 험악하게 생긴 놈이 나를 보며 헤벌쭉거렸다. 나는 머리부터 발끝까지 얼어붙는 것 같았다. 놈들이 만반의 태세를 갖추고 있는 것이 분명했다.

하지만 나는 두려운 기색을 감추고 아무렇지 않은 척 걸어갔다. 앞에 모여 있던 아이들도 나를 힐끔거리며 자기들끼리 속닥거렸다. 자오구이 영감과 같은 눈빛에 서슬 퍼런 낯빛이었다. 도대체 나한테 무슨 원한을 품고 있기에 저러나 싶어서 "왜, 뭐?"라고 대뜸 소리를 지르자 모두 냉큼 달아나는 것이 아닌가.

아무리 생각해봐도 자오구이 영감한테 원한을 살 일이 없었다. 길거리에 있던 사람들도 마찬가지였다. 그런데 왜 다들 그러는 거지? 굳이 생각해보자면 20년 전 꾸조우(古久) 선생의 오래되고 낡은 장부(중국의 봉건통치를 의미한다.—옮긴이)를 짓밟아 뭉개버린 것인데, 그때 선생이 크게 화를 냈던 건 사실이다. 자오구이 영감이 꾸조우 선생과 친분이 있는 것은 아니지만, 소문으로 듣고 나를 못마땅하게 여기자 사람들도 덩달아 나를 미워하게 된 것이 분명하다.

그렇다면 아이들은 왜 그러지? 그때 태어나지도 않은 아이들까지 어째서 나를 무서워하는 듯, 혹은 나를 해치려는 듯한 기묘한 눈초리로 노려보는 거지? 이것이야말로 두렵고 놀랍고 슬픈 일이다.

그렇지, 그 아비어미가 시킨 것이 틀림없다.

### 3

도무지 밤에 잠을 이룰 수가 없다. 매사 깊이 생각해보아야 명확하게 알 수 있다.

그놈들 가운데는 지현(현의 으뜸—옮긴이)에게 걸려 목에 칼을 쓴 자도 있고, 신사(紳士, 과거 시험에 합격한 사회 지배층—옮긴이)에게 언어맞은 자도 있고, 지방 관리에게 마누라를 뺏긴 놈도 있고, 자기 아비어미가 빚쟁이 등쌀에 못 이겨 죽은 놈도 있다. 그러나 그런 놈들 표정도 어제 그놈들처럼 흉악하지는 않았다.

가장 이상한 것은 웬 여자였다. 길거리에서 그 여자가 자기 아들을 두들겨 패면서 이렇게 말하는 것이었다.

"망할 늙은이! 네놈을 아무리 물어뜯어도 분이 안 풀릴 지경 이다."

그러면서 눈으로는 나를 쳐다보고 있는 게 아닌가! 나는 너무 놀라 어쩔 줄을 몰랐다. 그러자 몇 놈이 서슬 퍼런 낯빛에 무시무시한 이를 드러내며 웃어대는 것이었다. 그때 첸라오우(陣老五)가 얼른 달려와 나를 잡아끌고 집으로 데려갔다.

집으로 들어가 보니 가족들마저 나를 낯설게 대했다. 그들의 눈빛도 길거리의 그놈들과 다를 바 없었다. 내가 서재로 들어가자 그들은 밖에서 문을 잠갔다. 마치 닭이나 오리를 가두듯이. 사람들이 나를 왜 이렇게 대하는지 정말이지 알 수 없다.

며칠 전에는 이런 일도 있었다. 랑쯔(狼子. 사람을 잡아먹는 이리들이 사는 마을을 이른다.—옮긴이) 촌에 사는 소작인 하나가 큰형을 찾아와 흉작이라면서, 자기 마을에 돼먹지 못한 놈이 있는데, 사람들이 그놈을 두들겨 패서 죽이고 심장과 간을 파내 기름에 튀겨 먹었다고 했다. 그걸 먹으면 담력이 세진다는 말이 있었던 것이다. 내가 끼어들려고 하자 소작인과 형이 나를 매섭게 노려보았다. 오늘에야 비로소 깨달았다. 두 사람의 눈빛이 길거리에 있던 놈들과 똑같다는 것을.

생각만 해도 머리끝부터 발끝까지 소름이 쫙 끼친다.

사람을 잡아먹는 놈들이니 나라고 먹지 않을 리 있겠는가.

그렇다. '네놈을 물어뜯겠다'고 을러대던 여자와, 서슬 퍼런 얼굴에 무시무시한 이를 드러내고 흉측하게 웃던 놈들, 그리고 며칠 전 그 소작인의 얘기는 뭔가를 암시하는 것이 틀림없었다. 나는 이제야 깨달았다. 놈들의 말에는 독기가 가득하고, 웃음 속에는 칼날이 숨어 있고, 이빨은 무시무시하고 날카롭다. 이걸로 사람을 잡아먹는 것이다.

나는 나쁜 사람이 아니다. 하지만 꾸(古) 씨네 장부를 짓밟고 난 뒤로는 자신할 수 없다. 놈들은 뭔가 꿍꿍이가 있는 게 틀림없는데, 그것이 무엇인지 알 수 없다. 놈들은 관계가 틀어지면 금세 나쁜 놈으로 몰아붙이는 습성을 가지고 있다. 나는 지금도 형이 나에게 논문 쓰는 법을 가르쳐주던 일을 기억한다. 더없이 착한 사람을 조금이라도 헐뜯는 글을 쓰면 관주(貫珠, 예전에 잘 쓴 문

구에 치던 동그라미―옮긴이)를 많이 쳐주고, 나쁜 사람을 조금이라도
옹호하는 글을 쓰면 '그야말로 하늘도 놀랄 솜씨'라든가 '보통
이 아니다'라며 칭찬했다. 그러니 내가 그 심중을 어찌 헤아린
단 말인가! 하물며 사람을 잡아먹으려는 생각을 어찌 알 수 있
겠는가!

매사 깊이 생각해봐야 명확하게 알 수 있다. 사람을 잡아먹는
사람이 있다는 얘기는 예전부터 들어봤지만 확실한 것은 잘 모
른다. 역사책을 들여다보았지만, 연대도 없는 데다 '인의(仁義) 도
덕(道德)' 같은 글자들만 비뚤비뚤하게 적혀 있었다. 하지만 도무
지 잠이 오지 않아 밤늦게까지 자세히 살펴보니 글자와 글자 사
이에 온통 '식인(食人)'이라는 두 글자가 박혀 있는 것이 아닌가.

책장마다 '식인'이라는 글자가 수도 없이 적혀 있었고, 소작인
도 그런 말만 지껄였고, 사람들은 묘한 눈빛으로 히죽거리며 나
를 노려보았다.

나는 사람이다. 그런데 놈들은 나를 잡아먹고 싶어 한다.

## 4

아침에 잠자코 앉아 있는데, 첸라오우가 밥을 가져다주었다. 채소 한 접시와 생선찜 한 접시. 허여멀겋고 딱딱한 생선 눈알과 쩍 벌린 아가리가 영락없이 사람을 잡아먹으려는 놈들과 똑같았다. 젓가락으로 몇 점 떼어 먹어보았는데, 미끌미끌한 것이 생선살인지 사람 고기인지 알 수가 없었다. 결국 나는 속에 있는 것들을 모두 게워내고 말았다.

"라오우, 답답해 죽겠어. 뜰을 좀 거닐었으면 하는데, 형한테 얘기 좀 해줘."

그런데 첸라오우는 들은 척도 하지 않고 나가버리더니, 곧 다시 돌아와 문을 열어주었다.

나는 꼼짝도 하지 않고 가만히 있었다. 놈들이 나를 어떻게 할지 두고 볼 참이었던 것이다. 나를 그냥 놔둘 리는 없다. 아니나 다를까 형이 노인 하나를 데리고 천천히 오고 있지 않은가. 흉악한 눈빛을 번득이는 놈이었다. 내가 눈치챌까 봐 고개를 숙인 채 안경 너머로 넌지시 나를 살펴보았다.

형이 말했다.

"오늘은 괜찮아 보이는구나?"

내가 그렇다고 대답했다.

"오늘은 허(何) 선생한테 진찰을 받아보자꾸나."

나는 알겠다고 대답했다. 하지만 이 노인이 사람 백정이라는 것을 내가 모를 리 있겠는가. 진맥을 짚어보겠다면서 살집이 얼마나 되는지 살펴볼 것이다. 그리고 그 대가로 내 살덩이를 몇 점 얻어먹겠지.

나는 전혀 무섭지 않았다. 비록 사람을 잡아먹지는 않았지만 담력만큼은 누구 못지않게 세니까. 주먹 쥔 두 손을 내밀고 놈이 어떻게 하는지 지켜보았다. 노인이 앉은 채로 눈을 지그시 감고 한참이나 내 손을 만지작거렸다. 그러고는 잠시 뒤 흉악한 눈을 뜨더니 말했다.

"걱정 말아요. 며칠 안정을 취하면 나아질 겁니다."

걱정 말고 안정을 취하라고? 그러면 살이 올라 놈들이 먹을 게 더 많아지겠지. 그게 나한테 좋을 게 뭔가? 뭐가 나아진다는 말인가?

놈들은 사람 잡아먹을 생각을 하면서도 체면을 차리는가 하면 흉악한 속내를 들킬까 봐 과감히 손을 뻗치지 못하고 망설인다. 참으로 딱한 노릇 아닌가.

나는 참지 못하고 웃음을 크게 터뜨렸다. 그러자 속이 시원했다. 물론 용기와 활력이 가득한 웃음이었다. 내 용기와 기력에 압도되어 노인과 형의 낯빛이 달라졌다.

그러나 나에게 용기가 충만한 만큼 놈들은 더욱 나를 잡아먹고 싶을 것이다. 그 용기를 얻고 싶을 테니까. 노인은 방을 나가더니 잠시 뒤 형에게 나지막이 속삭였다.

"얼른 먹어치우는 게 좋겠소."

형이 고개를 끄덕였다. 그렇다. 형도 같은 생각이었다. 엄청난 사실을 깨달았지만, 전혀 몰랐던 것도 아니다. 형은 놈들과 한통속이 되어 나를 잡아먹으려고 한다.

사람을 잡아먹으려는 자가 바로 나의 형이다. 나는 사람을 잡아먹는 자의 동생이다. 내가 사람들에게 잡아먹혀도 나는 여전히 사람을 잡아먹는 자의 동생이다.


5


한 걸음 물러나 생각해보았다. 그 노인이 사람 잡는 백정이 아니라 의사가 맞다 해도 사람을 잡아먹는 자인 것은 분명하다. 그들의 시조라 할 수 있는 이시진(李時珍)이 쓴 《본초(本草)》《본초강목(本草綱目)을 말한다.─옮긴이》인가 뭔가 하는 책에도 사람 고기를 달여 먹는다는 이야기가 나온다. 그러니 그자도 사람을 먹지 않는다고 할 수 있겠는가.

형으로 말하자면 의심할 여지가 없다. 예전에 나한테 글을 가르칠 때 분명 "자식을 바꿔 잡아먹는다."는 말을 한 적이 있다. 한번은 나쁜 놈 얘기를 하면서 당장 죽어 마땅할 뿐 아니라, "그 고기를 뜯어 먹고 가죽을 깔고 자야 한다."《춘추좌씨전(春秋左氏傳)》에 나오는 내용으로 중국인의 비참한 생활상을 비유한 것이다.─옮긴이》고 말했다. 그때는 내가 아직 어릴 때여서 그 말을 듣고 하루 종일 가슴이 쿵쾅거렸다. 그저께 랑쯔 촌에서 온 소작인이 사람의 심장과 간을 기름에 튀겨 먹었다는 이야기를 했을 때도 형은 끔찍한 기색이라고는 조금도 없이 연신 고개를 끄덕이지 않았는가. 이런 것만 봐도 옛날 사람 못지않게 흉악하다는 것을 알 수 있다. '자식을 바꿔 잡아먹는다'고 하니 못 바꿀 것이 무엇이고, 못 먹을 사람이 어디 있겠는가. 그때 형이 도리를 설명할 때는 대수롭지 않게 넘겼다. 하지만 지금 생각해보니 입가에 사람의 기름을 바르고 머릿속은 온통 사람 잡아먹을 생각밖에 없었던 것이다.

6

칠흑 같은 어둠. 하지만 낮인지 밤인지 알 수 없다. 자오 씨네 개가 또다시 짖어댔다. 사자처럼 험악한 마음, 토끼와 같은 비겁함, 여우 같은 교활함…….

7

놈들의 수법을 알 것 같았다. 놈들은 뒤탈이 있을까 봐 직접 나서서 칼로 죽이려 들지는 않는다. 여러 명이 은밀히 연락을 취해 빠져나가지 못하도록 붙잡아놓고 나 스스로 목숨을 끊게 만들려는 것이다. 며칠 전 길거리에서 본 사내들과 여자들, 그리고 형의 행동으로 보아 틀림없다.

허리띠를 대들보에 걸치고 나 스스로 목매달아 죽기를 바랄 것이다. 그러면 살인죄로 잡혀가지 않으면서 원하는 대로 나를 죽일 수 있으리라. 그렇게 내가 죽으면 천지를 뒤흔들 듯 괴성을 지르며 웃어대겠지. 그러지 않고 겁에 질리고 괴로움에 몸부림치던 끝에 죽는다 해도 놈들은 만족할 것이다. 살이 좀 빠져서 고기가 줄어들기는 하겠지만.

놈들은 죽은 고기만 먹는다. 책에서 봤는데, 흉악하고 못생기기 짝이 없는 '하이에나'라는 동물은 원래 죽은 고기만을 먹고, 엄청나게 큰 뼈까지 으적으적 씹어 먹는다는 것이다. 정말 무시무시한 놈이다. 하이에나는 늑대하고 같은 족속이고, 늑대는 개의 조상이다. 나를 노려보던 자오 씨네 개도 분명 놈들과 한통속일 것이다. 의사 노인도 고개를 숙이고 땅만 쳐다보고 있었지만 나를 속이지는 못한다.

가장 불쌍한 것은 형이다. 형도 사람이면서 어떻게 아무런 두려움 없이 놈들과 합심해 나를 잡아먹으려는 것일까? 만성이 되어 나쁜 짓인 줄도 모르는 것일까? 아니면 나쁜 짓인 줄 알면서도 양심에 거리낌이 없는 것일까?

나는 사람을 잡아먹는 자들을 저주한다. 그리고 형부터 저주한다. 그들을 설득하는 것 또한 형부터 하리라.

# 8

사실 이것은 놈들도 당연히 알고 있어야 할 도리인데…….

한 남자가 불쑥 찾아왔다. 기껏해야 스무 살 전후로 보였고, 얼굴은 그리 자세히 보지 못했다. 남자는 만면에 웃음을 띠고 나를 보며 고개를 끄덕였다. 하지만 진짜 웃음은 아니리라.

내가 그에게 물었다.

"사람을 잡아먹어도 되는 것인가?"

남자는 여전히 웃음 띤 얼굴로 말했다.

"흉년도 아닌데 뭣 때문에 사람을 잡아먹는답니까?"

나는 이자도 한패라는 것을 알고 더욱 용기를 내어 물었다.

"옳은 일이냐고 물었다."

"그런 것을 왜 물어보십니까? 농담도 잘하시네요. 오늘 날씨가 아주 좋습니다."

날씨는 정말 좋았고, 달빛도 밝았다. 하지만 나는 그에게 계속 물었다.

"옳은가 말이다."

그는 옳다고 말하지 않았다. 그저 "아니오…….''라고 흐리멍덩하게 대답했다.

"그런데 그놈들은 왜 사람을 잡아먹지?"

"그렇지 않습니다."

"그렇지 않다니? 랑쯔 촌에서는 지금도 사람을 잡아먹고 있고, 책에도 그런 이야기가 적혀 있어. 온통 시뻘겋게."

사내의 얼굴이 납빛으로 변하더니 눈을 치뜨고 말했다.

"어쩌면 그럴지도 모르겠네요……. 옛날부터 그랬으니……."

"옛날부터 그랬으니 괜찮다는 말인가?"

"나리하고는 그런 얘기를 할 수 없습니다. 나리도 그런 말을 해서는 안 됩니다. 나리 말씀도 옳지 않습니다."

그러다 벌떡 일어나 눈을 부릅뜨고 보니 남자의 모습은 온데간데없었다. 온몸이 땀에 흠뻑 젖어 있었다. 그자는 형보다 훨씬 어린데도 한패가 되었다. 아비어미가 시킨 것이 분명하다. 아비어미가 가르쳤으니 어린놈이 그렇게 사나운 눈초리로 나를 노려보는 것이 아닌가.

## 9

놈들은 다른 사람을 잡아먹으려고 하면서도, 남에게 잡아먹히지는 않으려고 의심스러운 눈길로 서로를 살폈다.

그런 생각만 하지 않으면 얼마나 마음 편히 일하고, 길거리를 걸어 다니고, 밥을 먹고, 또 얼마나 편하게 잠을 자겠는가. 문지방 하나만 넘으면 된다. 그런데 놈들은 부모와 자식, 형제, 부부, 친구, 스승과 제자, 원수와 모르는 사람들까지 한통속으로 만들어 서로 부추기고 견제하면서, 죽어도 그 문턱을 넘으려 하지 않는다.

## 10

이른 아침에 형을 만나러 갔다. 형은 문 앞에 서서 하늘을 쳐다보았다. 나는 형의 뒤로 가서 문에 기댄 채 나지막하고 부드러운 목소리로 말했다.

"형님, 드릴 말씀이 있습니다."

"말해보거라."

형이 뒤돌아보며 고개를 끄덕였다.

"별말은 아닌데, 막상 꺼내려니 쉽게 입이 떨어지지 않네요. 아주 먼 옛날, 최초의 인간들은 누구나 사람 고기를 먹었겠죠. 그러다 생각이 바뀌면서 사람 고기를 먹지 않는 사람들이 생겨났겠죠. 그렇게 해서 점점 사람 고기를 먹지 않게 되었고, 비로소 진정한 사람이 된 겁니다. 하지만 여전히 사람 고기를 먹는 사람이 있지요. 그들은 벌레 같은 자들이에요. 사람을 잡아먹는 자는 그렇지 않은 사람에 비해 얼마나 떳떳하지 못하겠습니까? 벌레가 원숭이 앞에서 떳떳하지 못한 것보다 훨씬 더하겠죠. 역아(易牙, 춘추시대 제나라 요리사―옮긴이)가 자신의 어린 아들을 삶아 걸(桀, 중국 고대 하왕조의 마지막 왕으로 폭군―옮긴이), 주(紂, 중국 고대 상왕조의 마지막 왕으로 폭군―옮긴이)에게 그 고기를 바친 것이 그저 옛날이야기에 지나지 않을까요? 아닙니다. 반고(盤古)가 천지를 개벽한 이후로 사람들은 계속 사람을 잡아먹다가 역아가 아들을 잡아먹는데 이르렀고, 계속해서 서석림(徐錫林, 청 말기의 혁명가로 처형된 그의 심장과 간을 사람들이 먹었다고 한다.―옮긴이)까지 이어졌고, 오늘날에 이르러 랑쯔 촌에서 한 사내를 잡아먹게 된 것 아니겠습니까. 작년에도 성내에서 죄수를 처형했는데, 폐병 환자가 만두를 그 피에 찍어

먹었답니다. 그들은 이제 나를 먹으려고 합니다. 형님 혼자서는 그럴 리 없겠죠. 하지만 형님이 어떻게 그들과 한패가 된단 말입니까? 사람을 잡아먹는 자들이 무슨 짓인들 못 하겠습니까? 나를 잡아먹고 나서 형님도 잡아먹을 것입니다. 그렇게 서로를 잡아먹을 겁니다. 한 걸음만 물러나서 생각해보면 끔찍한 일 없이 모두 평화롭게 살 수 있습니다. 옛날부터 그래 왔다 하더라도 오늘을 사는 우리는 선한 사람이 되고자 각고의 노력을 해야 합니다. 그러면 안 된다고 말씀하세요. 형님, 형님은 말할 수 있습니다. 그저께 소작인이 소작료를 감해달라고 했을 때도 안 된다고 말하지 않았습니까?"

형은 처음에는 냉소를 짓더니 점점 험악한 눈길로 나를 쳐다보았다. 그리고 놈들의 속내를 들추는 순간 형의 얼굴이 차갑게 변했다. 대문 밖에 놈들이 서 있었다. 자오구이 영감과 그 집 개도 있었다. 놈들이 주위를 살피며 대문으로 들어섰다.

얼굴에 복면을 쓴 자도 있었고, 납빛 얼굴에 흉악한 이빨을 드러내며 히죽거리는 자도 있었다. 그들 모두 한패거리로 사람을 잡아먹는 놈들이었다. 그러나 놈들의 생각이 다 같지는 않았다. 옛날부터 그래 왔으니 마땅히 잡아먹어도 된다고 여기는 자도 있었고, 잡아먹어서는 안 된다는 것을 알면서도 계속 잡아먹는 자도 있었다. 하지만 남들이 눈치채면 곤란하니 내 말에 머리끝까지 화가 치밀면서도 겉으로는 차갑게 히죽거리고 있는 것이었다.

그때 형이 갑자기 험악한 표정으로 소리쳤다.

"모두 나가시오! 미치광이가 무슨 구경거리라도 된단 말이오!"

문득 나는 놈들의 교활한 수법을 또 하나 알아차렸다. 놈들은 잘못을 바로잡기는커녕 이미 흉악한 일을 꾸미고 있었다. 바로 나에게 미치광이 누명을 씌우려는 것이다. 그래야 잡아먹어도 뒤탈이 없을 뿐 아니라 다른 사람들의 동정을 살 수 있을 테니까. 여럿이 합심해서 나쁜 놈 하나를 잡아먹었다는 소작인의 말도 이와 같은 맥락이었다. 놈들이 으레 써먹는 수법이다.

첸라오우도 잔뜩 화가 나서 식식거리며 달려왔다. 그러나 내 입을 막을 수는 없었다.

나는 그들에게 소리쳤다.

"당신들은 잘못을 뉘우치고 고쳐야 합니다. 진심으로 말입니다. 이 세상은 더 이상 사람 잡아먹는 인간을 용납하지 않을 것이며, 더 나아가 살아남을 수도 없을 겁니다. 지금 회개하지 않으면 결국 당신들끼리 서로를 잡아먹게 될 것입니다. 아무리 자식을 많이 낳는다 해도 선한 사람들에 의해 멸망하고 말 것입니다. 사냥꾼이 늑대를 죽이듯, 벌레를 죽여 없애듯이 말입니다."

놈들 모두 첸라오우에게 쫓겨났다. 형도 어디론가 사라졌다.

첸라오우가 나를 방으로 데려갔다. 방 안은 어두컴컴했다. 대들보와 서까래가 자꾸 흔들리는가 싶더니 한참 뒤 내 머리 위로 와르르 무너져 나를 덮쳤다.

나는 너무 무거워서 꼼짝도 할 수 없었다. 나를 짓눌러 죽이려는 것인가! 그러나 나는 속임수라는 것을 알고 있었기에 발버둥쳐서 빠져나왔다. 온몸이 땀에 흠뻑 젖었다.

나는 계속 소리쳤다.

"회개하시오! 진심으로 잘못을 뉘우치란 말이오. 이제 사람을 잡아먹는 인간은 용서받지 못할 것이오. 그 점을 명심하시오……."

# 11

햇빛도 들지 않고, 문도 열리지 않았다. 매일 두 끼 식사가 들어왔다. 나는 젓가락을 든 채로 형을 생각했다. 누이동생이 죽은 것도 다 형 때문이라는 것을 나는 알고 있다. 그때 누이동생은 다섯 살밖에 되지 않았다. 가련하면서도 귀여운 모습이 지금도 눈에 선하다. 어머니는 눈물로 하루하루를 보냈지만, 형은 어머니에게 울지 말라고 했다. 자기가 잡아먹었으니 어머니가 우는 모습을 보면 양심에 찔리는 것 같았다. 지금도 양심에 찔린다면……

형은 누이동생을 잡아먹었다. 어머니가 그 사실을 알고 계셨는지는 모르겠다. 아마 알고 계셨으리라. 그러나 울기만 하시고 아무 말씀도 하지 않았다. 틀림없이 알고 계셨으리라.

내가 네다섯 살 때였던 것으로 기억한다. 문 앞에서 바람을 쐬고 있는데 형이 이런 말을 했다. 부모가 몸져누우면 그 자식은 마땅히 자기 살점을 떼어내 푹 고아서 드시게 해야 한다고. 그것이야말로 효자라고. 그때 어머니는 그래서는 안 된다고 말씀하지 않았다. 한 점이라도 먹을 수 있다면 통째로 먹을 수도 있지 않겠는가. 하지만 그때 어머니가 우시던 모습을 생각하면 지금도 가슴이 저린다. 정말 기이한 일이 아닐 수 없다.

## 12

생각조차 할 수 없다.

4천 년 동안 줄곧 사람을 잡아먹은 곳, 여기서 그토록 오래 살아왔다는 것을 오늘에야 깨달았다. 형이 집안 살림을 꾸리기 시작하면서 공교롭게도 누이동생이 죽었다. 형이 음식에 누이동생의 살점을 섞어서 나에게 주었는지도 모른다. 그러니까 나도 모르게 누이동생의 살점을 먹었는지도 모를 일이다. 이제 내 차례란 말인가…….

4천 년 동안이나 사람을 잡아먹어 온 우리. 처음에는 몰랐다. 하지만 지금은 확실히 알게 되었다. 진정한 사람을 찾기가 어렵다는 것을.

## 13

사람 고기를 먹어본 적 없는 아이가 아직 있을지도 모른다.

아이들을 구하자……

—1918년 4월

고향

20여 년 만에 2천여 리나 떨어진 고향을 찾아 엄동설한에 길을 떠났다.

고향이 가까워지자 날씨는 더욱 우중충하고 음산했다. 매서운 찬바람이 선실 안까지 쌩쌩 몰아쳐 들어왔다. 선창 밖을 내다보니 잔뜩 흐린 하늘 아래 활기라고는 없는 초라하고 황폐한 마을이 납작 엎드려 있었다. 그 풍광을 보는 순간 서글픔이 밀려들었다.

아! 이것이 20년 동안 못내 그리던 고향이란 말인가!

그것은 내가 그리던 고향의 모습이 아니었다. 나의 고향은 아름다운 곳이었다. 하지만 아름다운 고향의 모습을 그려보려고 해도 막상 떠오르는 것이 없었고, 고향의 좋은 점을 말해보려

해도 이렇다 할 게 없었다. 나의 고향은 예전에도 이런 모습이었으리라. 나는 고향이 원래 그랬다고 스스로 위로했다. 더 나아진 것도 없지만 그때는 지금처럼 초라하게 느껴지지도 않았고, 단지 내 마음이 변했을 뿐이리라. 사실 즐거운 기분으로 고향에 가는 것이 아니므로.

나는 고향 사람들과 영영 이별하기 위해 돌아온 것이다. 오랜 세월 일가친척들이 모여 살던 옛집이 다른 성씨를 가진 자에게 이미 팔려버렸고, 올해 안으로 집을 비워주어야 했다. 정월 초하루 전까지 정든 고향 집을 비워주고, 밥벌이를 하고 있는 다른 고장으로 떠나야 했다.

이튿날 아침 이른 시각에 고향 집 대문 앞에 다다랐다. 날씨는 맑았다. 기와 틈으로 꺾어져서 바람에 흔들리는 마른 풀 줄기들이 바로 이 옛집의 주인이 바뀌지 않으면 안 될 이유를 말해주는 듯했다. 그 집에 살던 친척들도 벌써 이사를 나가고 집안은 고요하기 그지없었다. 내가 집 안으로 들어서자 어머니는 벌써 나를 맞이하러 나오셨고, 여덟 살짜리 조카 홍얼(宏兒)도 뛰어나왔다.

어머니는 몹시 반갑게 맞아주셨지만 쓸쓸한 기색을 감추지 못했다. 잠시 앉아 차를 마시는 동안에도 이사 이야기는 한마디도 꺼내지 않았다. 나를 처음 본 홍얼은 맞은편 구석에 멀찍이 떨어져서 나를 쳐다보기만 했다.

그러나 결국 우리는 이사 이야기를 할 수밖에 없었다. 나는 다른 고장에 셋집을 이미 얻어놓았고 세간도 조금 장만해두었는데, 나머지는 이 집에 있는 목기를 팔아서 마련해야 한다고 말했다. 어머니도 그러자고 하시면서, 짐도 벌써 대충 싸놓았고, 가지고 가기 힘든 것들을 조금 팔기는 했으나 몇 푼 못 받았다고 했다.

"하루 이틀 정도 쉬고 나서 친척들을 찾아가 인사를 하고 떠나자꾸나."

"네."

"그리고 룬투(閏土) 말이다. 집에 올 때마다 네 안부를 묻는단다. 너를 무척 보고 싶어 하는 것 같더구나. 네가 오는 날짜를 알려주었으니 아마 만나러 올 거다."

이때 내 머릿속에 돌연 기묘한 정경이 번뜩 떠올랐다. 쪽빛 하늘에 황금빛 둥근 달이 걸려 있고, 그 아래 바닷가 모래톱에는 푸른 수박이 끝도 없이 심어져 있었다. 그 가운데서 은목걸

이를 찬 열두어 살짜리 소년이 차(猹, 너구리와 비슷한 동물로 필자가 지어
낸 상상의 동물─옮긴이)를 향해 힘껏 작살을 찔렀으나 차는 얼른 몸
을 피해 소년의 가랑이 사이로 빠져나갔다.

그가 바로 룬투다. 내가 열두세 살 때 처음 만났으니 30년이
나 되었다. 아버지도 살아 계신 데다 집안 형편도 넉넉했던 그
때 나는 어엿한 도련님이었다. 그해는 우리 집에 큰 제사가 있
었다. 30년 만에 한 번 돌아오는 제사였던 만큼 아주 특별하고
엄숙하게 치러졌다. 정월에 조상의 신위를 모셔놓고 제수도 풍
성하게 마련했다. 더불어 제기도 완벽하게 갖추었으며 참례하
는 사람도 무척 많았다. 그래서 제기를 도둑맞지 않도록 각별히
신경 써야 했다.

우리 집에는 망월이 한 명밖에 없었다(우리 고향에서는 일꾼
을 세 가지로 구분했다. 1년 내내 고정적으로 집안일을 하는 사
람을 장년(長年), 날품팔이꾼을 단공(短工), 자기 농사를 지으면서
도조를 거둘 때나 설날 혹은 명절에 일손을 거들어주는 사람을
망월(忙月)이라고 불렀다). 그래서 큰 제사가 있을 때는 혼자 일
손이 딸려서 아버지에게 제기를 간수하는 일을 자기 아들 룬투
에게 맡기면 좋겠다고 말했다.

아버지는 그러라고 허락하셨고, 나도 무척 기뻤다. 그에게 룬투라는 아들이 있다는 것을 이미 알고 있었기 때문이다. 더구나 내 또래로 윤달에 태어나 오행(五行) 중에 토(土)가 빠졌다고 해서 룬투라는 이름을 지어주었다는 것도 알고 있었다. 룬투는 덫을 놓아 새도 잘 잡았다.

그래서 나는 설날이 오기만을 기다렸다. 설날이 되면 룬투가 오기 때문이었다. 마침내 섣달이 끝나 갈 무렵 어느 날 어머니께서 룬투가 왔다고 알려주셨다. 나는 너무 반가운 나머지 곧바로 뛰쳐나갔다. 룬투는 부엌에 있었다. 불그스레하고 둥근 얼굴에 털모자를 쓰고 반짝이는 은목걸이를 하고 있었다. 이것만 보더라도 룬투의 아버지가 아들을 얼마나 아끼는지 알 수 있었다. 아들이 죽을까 봐 보호하려고 부처님께 기도하고 그 목걸이를 걸어주었던 것이다. 룬투는 숫기가 없어서 부끄러움을 많이 탔는데 내 앞에서는 거리낌 없이 굴었다. 그래서 주위에 사람들이 없을 때는 이야기도 나누면서 반나절도 되지 않아 우리는 친해졌다.

그때 무슨 이야기를 나눴는지는 거의 기억나지 않지만, 룬투가 굉장히 들뜬 표정으로 성에 들어가 보니 난생처음 보는 것들이 굉장히 많았다고 했던 기억이 난다.

다음 날 내가 새를 좀 잡아달라고 하자 그가 이렇게 말했다.

"안 돼. 일단 눈이 많이 와야 돼. 우리 동네에서는 모래밭에 눈이 쌓이면 눈을 쓸어낸 자리에 커다란 대나무 삼태기를 짧은 막대기로 받쳐놓고 쌀겨를 뿌려놓지. 멀리서 기다리고 있다가 새들이 와서 그것을 먹으려고 할 때 막대기에 묶어놓은 새끼줄을 홱 잡아당기면 영락없이 삼태기 속에 갇혀버려. 온갖 새가 다 있어. 참새, 잣새, 비둘기, 파랑새……."

그래서 나는 눈이 내리기만을 기다렸다.

룬투는 이런 말도 했다.

"지금은 너무 추워서 안 되고, 여름이 되면 우리 집에 놀러 와. 낮에는 바닷가에 나가 조개껍데기를 줍는데, 빨간 것, 파란 것, 도깨비 모양, 관음보살 손 모양 조개껍데기도 있어! 그리고 밤에는 아버지랑 같이 수박밭에 나가서 수박을 지키는데, 너도 같이 가면 돼."

"도둑을 지키는 거야?"

"아니야. 길 가던 사람이 목이 말라 수박을 따 먹는 건 괜찮아. 너구리나 고슴도치, 차 같은 것을 지키는 거야. 밝은 달밤에 땅바닥을 향해 귀를 기울이고 있으면 바스락 소리가 나거든. 차가 수박을 갉아 먹는 소리지. 그러면 바로 작살을 들고 살금살금 다가가서…….”

그때 나는 차가 어떤 동물인지 몰랐다. 물론 지금도 모른다. 그저 막연히 강아지처럼 생긴 것이 적잖이 사나운 동물이겠거니 생각했다.

“사람은 안 물어?”

“작살이 있는데 무슨 걱정이야. 가까이 다가가서 보이는 족족 찌르면 돼. 그런데 어찌나 재빠른지 사람을 향해 달려와서 가랑이 사이로 빠져나가 버려. 털도 기름을 바른 것처럼 어찌나 매끄러운지…….”

나는 신기한 일도 참 많다는 생각을 했다. 바닷가에 형형색색의 조개껍데기가 널려 있고, 수박밭에도 이렇게 위험이 도사리고 있다는 것을 미처 몰랐던 것이다. 과일 가게에 내놓은 수박만 봤을 뿐이었으니 말이다.

“우리 동네 모래밭은 말이야, 바닷물이 밀려들 때면 날치가 수도 없이 뛰어오른단다. 청개구리 같은 다리가 2개씩이나 달린 놈들이지…….”

아! 룬투에게는 신기한 이야기들이 무궁무진했다. 평소 내가 알고 지내는 친구들은 모르는 그런 이야기들이었다. 룬투가 바닷가를 누비고 다닐 때 그들과 나는 높은 담장을 둘러친 뜰에서 네모난 하늘만 쳐다볼 뿐이었다.

설이 끝나자 아쉬웠다. 룬투가 집으로 돌아가야 했기 때문이다. 나는 떼를 쓰듯이 엉엉 울어댔고, 룬투도 부엌에 틀어박혀 울면서 나오지 않았다. 하지만 결국은 그의 아버지 손에 이끌려 떠났다. 나중에 그는 자기 아버지를 통해 조개껍데기 한 꾸러미와 아주 예쁜 새의 깃털 보내주었다. 나도 두어 번 물건을 보내주었는데, 이후로 두 번 다시 만나지 못했다.

어머니가 룬투 이야기를 하자 불현듯 어릴 적 기억이 뇌리를 스쳤다. 마치 아름다운 고향의 모습을 보는 것 같았다. 그래서 나는 반가운 표정으로 대답했다.

"잘됐네요. 룬투는…… 어떻게 지내요?"

"그 사람? 형편이 썩 좋지 않은가 보더라……."

어머니가 말씀하시면서 밖을 내다보셨다.

"사람들이 왔나 보다. 목기를 산답시고 서성거리다 아무거나 마구 집어 갈지 모르니 나가봐야겠다."

어머니는 일어나 밖으로 나갔다. 대문 밖에서 여자들 목소리가 들렸다. 나는 홍얼을 가까이 불러서 이야기를 나눴다. 글씨는 쓸 줄 아는지, 다른 고장에서 살고 싶은지 물어보았다.

"기차 타고 가는 거예요?"

"그럼, 기차를 타고 가지."

"배는요?"

"여기서는 일단 배를 타고 나가고……."

"세상에, 못 알아보겠네! 수염도 이렇게 자라고!"

귀청이 찢어질 듯한 소리에 깜짝 놀라서 번쩍 고개를 들어보았다. 툭 불거진 광대뼈에 입술이 얄실한 쉰 살 전후의 여자가 서 있었다. 치마도 입지 않은 채 양손을 허리에 짚고 두 다리를 벌리고 있는 모습이 꼭 컴퍼스 같았다.

나는 눈을 동그랗게 뜨고 쳐다보았다.

"나 모르겠수? 내가 안아주고 그랬는데!"

내가 더욱 놀란 표정을 짓고 있을 때 마침 어머니가 다가와서 말해주었다.

"얘가 객지 생활을 하도 오래 해서 다 잊어버린 모양이네. 기억 안 나니?"

어머니가 나를 보며 말했다.

"길 맞은편에 살았던 양 씨네 둘째 아주머니. 두붓집 하던!"

그제야 생각났다. 어릴 때 길 맞은편 가게에서 하루 종일 앉아 두부를 만들던 양 씨네 둘째 아주머니가 있었다. 사람들이 두붓집 서시라고 불렀는데, 그때는 하얀 분을 발라서 광대뼈가 지금처럼 툭 튀어나와 보이지 않았고, 입술도 이렇게 얇지 않았다. 또 온종일 앉아 있었기 때문에 컴퍼스 같은 모습은 오늘 처음 보았다. 그때 사람들은 이 여자 때문에 두붓집이 잘된다고 말했다. 하지만 어릴 때라 그런 것에 별 감흥이 없어서 까맣게 잊어버렸다.

그녀는 굉장히 못마땅한 표정을 지었다. 프랑스 사람이 나폴레옹을 모르고 미국 사람이 워싱턴을 모르기라도 하는 것처럼 코웃음을 치며 말했다.

"잊어버렸수? 귀하신 분이라 눈도 높으신가 봐……."

"그런 게 아니라…… 저는……."

나는 어쩔 줄 몰라 일어나면서 말했다.

"그럼 내가 말 좀 하지요. 성공하셨다고요, 쉰(五十) 도련님. 돈도 많이 벌었다면서 들고 가기도 힘든 다 깨진 목기는 어디다 쓰려고 하시우? 나나 주시우. 나처럼 못사는 사람한테는 쓸모가 있으니까."

"돈을 많이 벌었다니요? 이런 거라도 팔아야……."

"세상에! 말도 안 돼! 도태(道台, 감찰관―옮긴이)가 되었다면서 돈이 없다고요? 첩을 셋이나 두고 집 밖에서는 팔인교(八人轎)를 타고 다니면서 출세한 게 아니라고요? 흥, 그게 말이 되우?"

나는 할 말을 잃고 가만히 서 있었다.

"아이고, 부자가 더 인색하다더니, 그 말이 맞나 보네. 하긴 그렇게 아끼니 부자가 되었겠지만……."

컴퍼스는 잔뜩 화난 얼굴로 휙 돌아서서 뭐라고 중얼거리며 천천히 대문으로 걸어갔다. 그리고 나가면서 어머니의 장갑을 슬쩍 집어 자기 허리춤에 쑤셔 넣었다.

그녀가 가고 나서 근처에 사는 친척들이 찾아왔다. 나는 그들을 맞아들여 접대를 하는 한편 틈틈이 짐을 정리했다. 이렇게 사나흘이 지나갔다.

몹시 추운 어느 오후였다. 점심을 먹고 나서 차를 마시며 앉아 있는데 누군가 대문을 들어서는 소리가 났다. 고개를 돌리는 순간 나는 깜짝 놀라서 얼른 뛰어나가 그 사람을 맞이했다.

룬투였다. 첫눈에 알아보기는 했지만 내가 기억하고 있던 모습이 아니었다. 키는 두 배나 더 컸고, 불그스름하고 둥근 얼굴은 주름이 깊게 팬 누런 얼굴로 변해 있었다. 그의 아버지처럼 눈가가 불그레하게 잔뜩 부어 있었는데, 온종일 바닷바람을 쐬며 농사짓다 보면 으레 그러는 것이리라.

머리에는 닳아빠진 털모자를 쓰고 얇은 솜옷만 걸친 모습이 몹시 야위고 초라해 보였다. 종이 봉지 하나와 긴 담뱃대를 들고 있는 그의 손도 내 기억 속의 그 불그스름하고 통통한 손이 아니었다. 까칠까칠하고 볼품이 없는 데다 마구 갈라진 것이 마치 소나무 껍질 같았다.

나는 몹시 흥분했지만 무슨 말부터 꺼내야 할지 몰라서 그저 "아, 룬투 형…… 왔구려…….".라고 소리쳤다.

수많은 말들이 꿴 구슬처럼 연이어 나오려 했다. 잣새, 날치, 조가비, 차……. 그러나 웬일인지 꽉 막힌 것처럼 머릿속에서만 뱅뱅 맴돌 뿐 입 밖으로 나오지 않았다.

그는 반가우면서도 서글픈 기색으로 우두커니 서 있었다. 입술이 움직거리기만 할 뿐 아무 말도 하지 않았다.

마침내 룬투는 공손한 태도로 또렷하게 말했다.

"나리!"

그 순간 나는 온몸에 소름이 돋았다. 애통하게도 우리 사이에는 두꺼운 장벽이 가로놓여 있음을 비로소 깨달았던 것이다. 나는 아무 말도 할 수 없었다.

그가 고개를 돌리고 등 뒤에 있던 아이를 끌어내며 말했다.

"쉐이성(水生), 나리께 인사드려라."

아이는 그야말로 30년 전 룬투와 똑같았다. 다만 누르스름하고 파리한 낯빛이었고 은목걸이를 하지 않았을 뿐이었다.

"이놈이 다섯째입니다. 아직 세상에 나가지 못해 부끄러움을 많이 타지요……."

그때 어머니와 훙얼이 아래층으로 내려왔다. 우리 말소리를 들은 모양이었다.

"마님! 편지는 진작에 받았습니다. 나리께서 오신다는 소식을 듣고 얼마나 기뻤는지……."

룬투가 말했다.

"아니, 왜 그리 어려워하나? 예전에는 편하게 부르던 사이 아니었나? 그냥 쉰 형이라고 부르게."

어머니가 기뻐하며 말씀하셨다.

"아이고, 마님도 참······. 말도 안 됩니다. 그때는 철이 없어서 아무것도 몰랐으니······."

룬투는 이렇게 말하면서 아들에게 절을 하라고 일렀다. 그러자 아들은 더욱 부끄러워하며 아버지의 등 뒤에 바싹 붙었다.

"이 아이가 쉐이성이구먼. 다섯째지? 다들 처음 보는 사람들이니 부끄러운 게지. 홍얼아, 쉐이성하고 나가 놀거라."

어머니께서 말씀하셨다.

홍얼이 쉐이성에게 손짓하자 쉐이성이 선선히 따라나섰다. 둘은 신이 나서 함께 밖으로 나갔다. 어머니가 몇 번이나 앉으라고 했지만 룬투는 계속 머뭇거렸다. 그러다 한참 뒤 겨우 앉더니 기다란 담뱃대를 탁자에 기대놓고 종이 봉지를 하나 내밀면서 말했다.

"겨울이라 드릴 게 없습니다. 얼마 안 되지만 받으십시오, 나리. 집에서 심은 청대콩입니다."

내가 형편이 좀 어떠냐고 묻자 룬투는 고개를 저으며 말했다.

"말이 아닙니다. 여섯째 놈까지 나서서 거드는데도 먹고살기 힘듭니다. 나라도 어수선하고······ 명확한 법칙도 없이 이런저런 구실을 내세워 돈을 걷어갑니다. 농사도 잘 안 되고요. 수확

한 곡식을 팔아봐야 몇 푼 안 되니 되레 밑지는 장사죠. 그렇다고 그냥 놔두면 썩기밖에 더하겠습니까……."

그는 연신 고개를 저었다. 겹겹이 주름이 팬 얼굴은 마치 석상처럼 아무런 표정이 없었다. 몹시 고달픈데 그러한 심정을 겉으로 표현하지 못하는 것 같았다. 그는 한동안 말없이 담뱃대를 들고 담배만 피웠다.

어머니가 며칠이나 머물 거냐고 묻자 룬투는 집안일이 바빠서 내일 바로 돌아가야 한다고 했다. 아직 점심도 먹지 못했다고 하자 어머니가 부엌에 가서 밥을 볶아 먹으라고 했다.

룬투가 부엌으로 들어가고 나서 어머니와 나는 그의 형편 얘기를 하며 한숨을 쉬었다. 자식은 많고 흉년이 든 데다 가혹한 세금, 군인, 도둑떼, 관리, 양반들에게 시달리다 못해 목각 인형처럼 굳어버린 것이다. 어머니는 가지고 가지 않을 물건들은 모두 그에게 주자고 했다.

오후에 룬투는 물건을 몇 개 골랐다. 탁자 2개와 의자 4개, 향로와 촛대, 저울 하나, 그리고 재(그때는 밥을 지을 때 볏짚을 땠는데, 그 재가 모래땅의 비료가 되었다)도 달라고 했다. 우리가 떠나는 날 다시 와서 배에 싣고 가겠다는 것이었다.

그날 밤 우리는 이런저런 소소한 이야기를 나누었다. 그리고 다음 날 아침 룬투는 쉐이성을 데리고 집으로 돌아갔다.

아흐레가 지나고 우리가 떠나는 날이 되었다. 아침 일찍 룬투가 왔다. 쉐이성 대신 다섯 살짜리 딸아이를 데려와서 배를 지키라고 했다. 우리는 하루 종일 바삐 움직이느라 이야기를 나눌 시간이 없었다. 사람들도 많이 찾아왔다. 우리를 배웅하러 온 사람, 물건을 가지러 온 사람, 배웅도 하고 물건도 가져가려는 사람. 저녁 무렵 배를 탈 때쯤에는 잡동사니까지 죄 가져가 버려서, 이 오래된 집에 더 이상 아무것도 남아 있지 않았다.

우리가 탄 배가 앞으로 나아가기 시작했다. 양쪽으로 황혼에 물든 검푸른 산들이 연신 배 뒷전으로 사라졌다.

나는 홍얼과 함께 선창에 기대 어둑선한 풍경을 바라보았다. 그때 홍얼이 불쑥 물었다.

"큰아버지, 우리는 언제 돌아오는 거예요?"

"돌아오다니? 너는 어째서 떠나기도 전에 돌아올 생각부터 하느냐?"

"쉐이성 집에 놀러 가기로 약속했거든요."

홍얼은 커다랗고 까만 눈동자를 굴리며 생각에 잠겼다.

멍하니 있던 어머니와 나는 다시 룬투 이야기를 꺼냈다. 어머니 말로는, 우리가 짐 정리를 시작한 날부터 하루도 빠짐없이 그 두붓집 서시라고 하는 양 씨네 둘째 아주머니가 집으로 찾아왔다고 했다. 그저께는 잿더미 속에서 대접과 접시를 10개 넘게 꺼내더니, 룬투가 배에 물건을 싣고 갈 때 함께 가져가려고 숨겨둔 게 틀림없다며 한바탕 수선을 떨었다는 것이다. 그러고는 마치 큰 공이라도 세운 것처럼 구기살(狗氣殺, 우리 고향에서 닭을 칠 때 사용하던 기구를 말한다. 나무판에 난간을 세워 거기에 모이를 담아두면 닭은 목을 쑥 빼서 모이를 쪼아 먹는데, 개는 그렇게 할 수 없으니 쳐다보다 지쳐 나가떨어진다)을 몰래 가지고 갔는데, 전족에 굽 높은 신발을 신었는데도 아주 잽싸게 달아났다는 것이다.

옛집은 더욱 멀어져 갔다. 고향의 산천도 점점 사라져 갔다. 그러나 미련은 조금도 없었다. 다만 눈에 보이지 않는 높은 담장이 나를 둘러싸고 있는 것처럼 갑갑하고 고립된 기분이었다. 은목걸이를 걸친 수박밭 작은 영웅의 또렷한 모습이 이제는 희미하게 변해버린 사실에 몹시도 서글펐다.

어머니와 홍얼은 잠이 들었다.

나는 자리에 누웠다. 바닷물이 뱃전에 부딪쳐 철썩거리는 소리가 들렸다. 나는 이제 나의 길을 가고 있음을 깨달았다. 나는 생각했다. 나와 룬투 사이는 이렇게 가로막혀 서로 멀리 떨어지게 되었지만 우리의 다음 세대들은 함께하리라.

홍얼은 쉐이성을 그리워하고 있지 않은가! 그들은 나처럼 다른 사람들과의 사이에 담이 없기를 바란다……. 또한 함께하기 위해 나처럼 힘들게 전전하지 않기를 바라며, 룬투처럼 고달픈 나머지 삶이 굳어버리지도 않기를 바란다. 그들은 또 다른 새로운 삶, 우리가 미처 누리지 못한 삶을 살아야 한다.

희망을 생각하자 돌연 두려움이 솟구쳤다. 룬투가 향로와 촛대를 달라고 했을 때 나는 속으로 그를 비웃었다. 아직도 우상을 숭배하며 한시도 그것을 저버리지 못한다고 여겼던 것이다.

그러나 지금 내가 떠올린 희망이라는 것도 내가 만들어낸 우상이 아닐까? 다만 그의 희망은 바로 앞에 있는 것이고, 나의 희망은 아득한 것일 뿐이다.

몽롱한 꿈처럼 바닷가의 푸른 모래밭이 떠올랐다. 쪽빛 하늘에는 바퀴처럼 둥근 황금빛 달이 떠 있다. 나는 생각했다. 희망이란 본래 있다고도, 또한 없다고도 할 수 없다. 그것은 마치 땅

위의 길과 같다. 본래 없었는데 사람들이 지나다니면서 자연스

럽게 생겨난 것처럼.

—1921년 1월

# 루쉰

魯迅, 1881. 9. 25~1936. 10. 19

중국 현대문학의 아버지로 불리는 루쉰은 중국 저장성(浙江省) 사오싱 현(紹興縣)에서, 논밭과 점포를 소유하고 할아버지가 베이징에서 한림원 관리를 지내는 등 부유한 봉건 소지주 집안에서 태어났다. 아버지 저우원위(周文郁)와 어머니 루루이(魯瑞)의 장남으로 본명은 저우수런(周樹人)이다. 글을 발표할 때마다 다른 필명을 사용했고, 필명이 140여 개가 넘는 것으로 알려져 있는데, '루쉰'은 〈광인일기〉를 발표할 때 처음 사용된 필명으로 어머니 쪽 성을 따서 지은 것이다.

어린 시절 루쉰은 명문가 도련님으로 가숙(家塾)과 글방 등에서 학문을 배우며 유복한 생활을 했다. 그러나 1893년(12세) 할

아버지가 부정부패 사건으로 투옥되고, 아버지가 병으로 앓아 누우면서 가세가 기울기 시작했다. 루쉰은 아버지의 약값을 마련하기 위해 매일같이 전당포에 드나들었다. 훗날 일본에서 현대 의학을 배웠을 때 루쉰은 이때의 경험에 대해 사기나 다름없는 한의(漢醫) 때문이었다고 말했다.

3년 뒤 1896년(15세) 힘든 투병 끝에 아버지가 세상을 떠나자 집안은 완전히 기울었고, 갑작스럽게 곤궁에 맞닥뜨린 루쉰은 새로운 삶을 찾아 나서야 했다. 우울하고 불행한 소년 시절을 지나온 루쉰은 자연히 어두운 내면을 갖게 되었고, 이러한 성향은 그의 작품에도 고스란히 투영되었다. 더불어 이때 굳어진 비관적인 정서가 중국의 혼란스러운 시대 상황 속에서 그를 문학 혁명의 전사로 만들었다고 할 수 있다.

집안이 몰락하자 새로운 길을 가야 했던 루쉰은 1898년(17세) 5월 난징의 강남수사학당(江南水師學堂)에 입학했다. 그러나 다음 해 광무철로학당(礦務鐵路學堂)으로 전학해 물리, 수학 등을 배우며 서양의 자연과학과 사회과학을 비롯해 신학문을 두루 접했다.

1902년(21세) 광무철로학당을 졸업한 루쉰은 국비 유학생으로 선발되어 일본으로 건너가 도쿄에 있는 예비학교 홍문학원

(弘文學院)을 거쳐, 1904년(23세) 센다이의학전문학교(仙臺醫學專門學校)에 입학했다. 루쉰은 일본 메이지유신의 근간이 바로 의학이라는 것을 절감하고 서양의학을 공부하기로 결심했던 것이다. 이 시기에 루쉰은 광복회(光復會, 청나라 말기 반청을 내세우며 일본에서 조직된 혁명 단체로 1911년 신해혁명에 공헌했다)에 드나들면서 중국과 중국인에 대해 깊은 관심을 가지게 되었다.

그러나 루쉰은 2학년 때 세균학 수업에서 환등기로 관련 자료를 보던 중 러일전쟁 때 중국인이 러시아 군의 간첩 혐의로 일본군에게 잡혀 사형당하는 장면을 보고 충격을 받은 데다 이것을 보고도 아무렇지 않게 여기던 학생들의 태도에 격분을 느끼고 학교를 자퇴했다. 이것이 루쉰이 의학에서 문학으로 전향하는 계기가 된 일명 '환등 사건'이다. 루쉰은 중국의 경우 병을 치유해서 건강한 몸을 유지하는 것보다 국민정신을 개혁하는 것이 급선무임을 통감했고, 국민정신을 진작하기 위한 가장 효과적인 수단이 문학이라는 것을 깨닫고 문예운동을 펼치기로 결심했다. 1906년(25세) 3월 센다이의학전문학교를 그만두고 7월 잠시 귀국한 루쉰은 어머니의 권유로 주안(朱安)과 결혼하고 다시 도쿄로 돌아갔다.

1907년(26세) 도쿄에서 동생 저우쭤런(周作人)과 친구들과 함께 문예 잡지《신생(新生)》을 창간할 계획이었으나 인력과 재력의 부족으로 무산되고 말았다. 그러나《하남(河南)》이라는 잡지에 〈악마파 시의 힘(摩羅詩力說)〉, 〈문화편지론(文化偏至論)〉 등 비평 논문을 발표하고 러시아 문학을 번역하면서 문학의 길을 열었다. 이 시기에 루쉰은 흥중회(興中會)를 이끄는 쑨원(孫文), 화흥회(華興會)를 이끄는 황싱(黃興)과 더불어 혁명의 삼존(三尊)이라 불리며 광복회를 이끌었던 장빙린(章炳麟, 청나라 말기 국학자이자 혁명가)의 강의를 듣고 접촉하면서 엄청난 감화를 받았다.

1909년(28세) 동생 저우쭤런과 함께 러시아와 동유럽 단편을 번역해《역외소설집(域外小說集)》을 출간했고, 8월에 귀국해 항저우(杭州)의 저장양급사범학당(浙江兩級師範學堂)에서 화학과 생리학을 가르쳤다. 그리고 이듬해(29세) 고향 사오싱으로 돌아가 사오싱 중학교에서 근무했다.

1911년(30세) 루쉰은 사오싱의 산후에이(山會) 초등사범학교 교장으로 취임했다. 그해 신해혁명(청나라를 무너뜨리고 중화민국을 세워 쑨원이 임시정부 대총통이 되었다)이 일어났고, 다음 해 난징 정부가 수립되자 루쉰은 교육부 장관이 된 차이위안페이(蔡元培, 베이징대학 총장을 역임했던 사상가이자 교육가)의 요청으로 교육부에 들어갔다. 그리고 쑨원이 위안스카이에게 권력을 빼앗기고 정부가 베이징으로 이전하자 루쉰도 함께 옮겨 갔다. 신해혁명 이후 정세가 군주제 부활의 경향으로 흐르자 크게 실망한 루쉰은 중국의 역사를 연구하고 금석탁본 수집과 고서 연구에 몰두하며 혼란과 고뇌의 시기를 보냈다.

신해혁명 이후에도 사회 및 문화적 개혁이 이루어지지 않고 여전히 봉건주의 유교 사상이 지배하면서 군주제가 부활하려는 경향이 계속되자, '과학'과 '민주주의'를 내세우며 구어문(口語文, 백화체, 문언과 상대되는 개념으로 현재 중국의 구어체 문장) 사용과 유교 사상 비판을 중심으로 전개된 문학·사상의 개혁 운동이 문학혁명이다. 이들은 문체 개혁과 함께 서구 문학의 번역을 통해 새로운 세대들에게 서양의 사상과 문화를 소개했고, 이에 흥미를 가진 중국 지식인들의 머릿속에 봉건주의 유교 사상 대신 서구의 합리주의 사상이 자리 잡게 되었다(신문화운동). 이러한 문학 개혁은 5·4운동(1919년 5월 4일 베이징의 학생들이 톈안먼 광장에 모여 일으킨 항일운동이자 봉건주의 반대 운동 및 과학과 민주주의를 제창한 문화 운동)의 사상적 근거가 되었다.

문학혁명의 근간이 된 것은 천두슈(陳獨秀), 리다자오(李大釗), 후스(胡適) 등 베이징대학 교수들을 비롯해 수많은 지식인들이 집필에 참여한 《신청년(新靑年)》(1915년 창간된 국민 계몽 문학 잡지)이었으며, 1918년(37세) 이 《신청년》에 실린 것이 바로 루쉰의 처녀작이자 구어문으로 쓰여진 단편, 중국 최초의 현대소설 〈광인일기(狂人日記)〉다.

중국의 봉건주의 유교 관습을 비판한 〈광인일기〉를 시작으로 본격적인 작품 활동에 들어간 루쉰은 과거제도에 찌든 하층 지식인들의 위선과 나태함을 풍자한 〈쿵이지(孔乙己)〉(1919), 미신에 의지하는 무지한 중국인의 병폐를 꼬집은 〈약〉(1919), 〈내일(明天)〉(1920), 〈풍파(風波)〉(1920) 등을 여러 잡지에 발표하면서 문학인으로서 위치를 굳혔다. 이어서 1921년(40세) 어둡고 절망적인 중국 농촌의 현실을 적나라하게 묘사한 단편 〈고향〉을 《신청년》에 발표했고, 그의 대표작이자 문학사에 길이 남을 걸작 〈아Q정전(阿Q正傳)〉을 베이징의 신문 〈천바오(晨報)〉에 연재하기 시작했다. 시골 날품팔이 아Q의 전기 형식으로 신해혁명 전후 중국 민중의 병폐를 풍자한 〈아Q정전〉은 당시 큰 반향을 불러일으켰다.

1923년(42세) 〈광인일기〉를 비롯해 1922년까지 발표한 14편의 대표적인 중·단편 소설이 수록된 《외침(吶喊)》을 출간했다. 여기에 실린 작품들은 문학혁명의 이념이 투영된 것으로 루쉰의 강한 비판 정신이 담겨 있다. 그해 최초로 중국 소설사를 연구한 《중국소설사략(中國小說史略)》(1923~1924)을 출간했는데, 이것은 베이징대학, 베이징사범대학, 베이징여자사범대학 등에서 강의한 내용을 정리한 것이다.

1924년(43세) 동생 저우쭤런과 함께 어사사(語絲社)를 조직하고, 1925년(44세) 미명사(未名社)를 조직해 문학 운동에 나서는 한편 첫 산문집 《열풍(熱風)》을 출간했다. 그리고 이듬해 산문집 《화개집(華蓋集)》, 두 번째 소설집 《방황(彷徨)》을 출간했는데, 이후부터 루쉰은 소설보다 자신의 사상을 표현한 잡문을 주로 발표했다.

1926년(45세) 베이양군벌(北洋軍閥, 무력으로 베이징 정권을 장악한 군벌을 총칭한 것이다)이 문화 탄압에 대항한 학생과 시민의 시위를 무력으로 진압한 3·18사태가 일어났고, 곧이어 반정부 지식인에 대한 수배령이 떨어지자 루쉰은 애제자인 쉬광핑(許廣平, 중국의 여성 문필가이자 사회운동가)과 함께 베이징을 떠났다. 그해 루쉰은 아모이대학(廈門大學, 샤먼대학) 교수로 취임했다. 1927년(46세) 광저우로 옮겨 가서 중산대학(中山大學) 문과 교수가 되었고, 잡문집《무덤(墳)》, 산문시집《들풀(野草)》등을 출간했다.

1927년 장제스(蔣介石)가 이끄는 국민당이 정권을 잡고 중화민국 국민정부가 수립되자 루쉰은 상하이로 옮겨 가서 쉬광핑과 동거를 했다. 아내 주안과 이혼하지 않은 상태에서 열일곱 살 연하의 쉬광핑과 동거하면서 유일한 혈육인 저우하이잉(周海嬰)을 낳았다.

1927년을 기점으로 루쉰의 문학적 성향이 완전히 달라졌다. 이전에는 계몽적이고 사실적이며 전통적인 낭만이 깃든 풍자적인 단편을 주로 썼다면, 이후에는 직접적인 사회 비판으로 혁명과 변화를 꾀하고자 하는 잡문이 주를 이루었다.

루쉰은 생애 마지막 10년을 상하이에서 보내면서 집필에 몰두하는 한편 신문화운동의 대표 주자로서 논쟁과 강연을 하며 정치적 활동에 관심을 보이기도 했다.

1928년(47세) 산문집《아침 꽃 저녁에 줍다(朝花夕拾)》, 잡문집《이이집(而已集)》을 출간했다. 1929년(48세) 조화사(朝花社)라는 문학 단체를 만들고《조화주간(朝花週刊)》,《조화순간(朝花旬刊)》을 발행했으며, 외국의 목판화를 수집하는 한편 플레하노프(러시아의 혁명 사상가), 체호프, 고골 등의 작품을 소개하기도 했다.

1930년(49세) 쑹칭링(宋慶齡, 중국의 정치가이자 쑨원의 부인, 국민당 내 좌파로 장제스와 대립했다) 등이 결성한 자유운동대동맹에 발기인으로 참여했고, 중국좌익작가연맹에 가담했다가 1931년(50세) 수배자가 되어 한동안 도피 생활을 하기도 했다.

중국의 고리키(Maksim Gor'kii, 러시아의 사회주의 혁명가이자 문학 작가)로 불리며 젊은 작가들에게 존경받았던 루쉰은 만년에 지병을 앓는 가운데 집필을 쉬지 않았고, 1932년(51세) 잡문집《삼한집(三閑集)》과《이심집(二心集)》, 1934년(53세) 잡문집《남강북조(南腔北調)》와《풍월 이야기(准風月談)》, 1935년(54세)《집외집(集外集)》등을 출간했다.

1936년(55세) 단편 여덟 편이 수록된 소설집《새로 쓴 옛날이야기(故事新編)》와 잡문집《꽃테문학(花邊文學)》을 출간했으나, 지병인 폐결핵이 악화되어 그해 10월 19일 새벽 상하이 자택에서 세상을 떠났다. 1만여 명이 참석한 가운데 그의 장례식이 치러졌고, 그의 유해는 '민족혼'(民族魂)이란 글씨가 적힌 천으로 덮여 상하이 만국공동묘지에 묻혔다(이후 훙커우 공원으로 이전되어 기념관이 건립되었고, 현재는 루쉰 공원으로 불린다).

구시대가 붕괴되는 격변의 소용돌이 속에서 새로운 사회가 뿌리내리는 과정에 있었던 19세기 말에서 20세기 초 루쉰은 중국의 근대화를 이끈 선각자이자, 중국 현대문학의 길을 연 문학가였다. 그는 자신의 글에서 근대화를 저해하는 중국인의 봉건적인 사상과 병폐를 고스란히 드러내고, 중국이 나아가야 할 길을 직설적으로 제시함으로써 많은 젊은이들의 열의를 이끌어낸 인물로서, 살아 있을 때나 죽은 뒤에도 '중국 문단의 중심적 위치에서 한 번도 벗어나지 않은'(다케우치 요시미) 위대한 문학가이자 혁명가였다.

〈광인일기〉

루쉰의 첫 단편소설이자 중국 최초의 현대소설 〈광인일기〉는 당시 신문화운동을 주도한 잡지 《신청년》에 발표되었다. 사람들이 자기를 잡아먹으려 한다는 피해망상증에 사로잡힌 한 남자의 일기로 이루어진 구성과 파격적인 내용, 참신한 구어문 등으로 젊은 지식인들에게 큰 반향을 불러일으켰다. 제목과 형식은 니콜라이 고골의 작품에서 영향을 받은 것이다. 고골의 《광인일기》 역시 과대망상증에 걸린 하급관리의 일기 형식 소설이다.

어느 날 "30년 동안 제정신이 아니었다."고 깨달은 광인의 눈에 비친 사람들의 모습은 남자든 여자든, 심지어 아이들까지 자기를 잡아먹으려고 호시탐탐 노리고 있다. 심지어 자신을 진찰하러 온 의사는 사람 백정이요, 자신의 친형조차 자기를 잡아먹으려는 사람들과 한패다. "다른 사람을 잡아먹으려고 하면서도, 남에게 잡아먹히지는 않으려고 의심스러운 눈길로 서로를 살피는" 사람들 속에서 광인은 두려움과 공포에 사로잡혀 하루하루를 보낸다.

'사람이 사람을 잡아먹는다'는 것은 중국 봉건사회 유교 도덕의 폐단과 비인간성을 비유한 것이다. 역사책을 들춰본 나는, "'인의(仁義) 도덕(道德)' 같은 글자들만 비뚤비뚤하게 적혀 있었다. 하지만 도무지 잠이 오지 않아 밤늦게까지 자세히 살펴보니 글자와 글자 사이에 온통 '식인(食人)'이라는 두 글자가 박혀 있었다."며 오래전부터 사람을 잡아먹어 온 민족이라는 것을 깨닫는데, 이것은 그때까지 중국을 지탱해온 낡은 사상과 관습을 비판한 것이다.

"회개하지 않으면 결국 당신들끼리 서로를 잡아먹게 될 것입니다."라고 외치다 어두운 방에 갇힌 광인은 오랜 기억을 더듬어 자신도 사람을 잡아먹었을지도 모른다는 것을 깨닫는데, 루쉰은 열정적으로 지지했던 신해혁명으로도 반봉건의 과제가 해결되지 않자, 자신 또한 피해자이자 가해자라는 것을 자각하고 헤어날 수 없는 중국의 어두운 현실을 절감한다. "4천 년 동안 줄곧 사람을 잡아먹은 곳, 여기서 그토록 오래 살아왔다는 것을 오늘에야 깨달았다."며, "사람 고기를 먹어본 적 없는 아이가 아직 있을지도 모른다. 아이들을 구하자!"는 마지막 외침은 중국 전체가 벗어날 수 없는 구조적 병폐에 빠져 있음을 고발한 것이다.

루쉰의 작품 가운데 현실에 대한 폭로가 가장 강하게 드러난 〈광인일기〉는 신문화운동이 한창이던 시기에 중국 봉건사회에 정면으로 대항하고 비판한 최초의 작품이었고, 유교 사회의 가족제도와 예의 도덕적 사상의 폐단을 고발함으로써 향후 문학·사상 혁명의 방향을 제시한 중요한 작품이었다.


〈아Q정전〉

1921년 12월 베이징의 신문 〈천바오(晨報)〉 문예판에 파런(巴人)이라는 필명으로 처음 연재된 〈아Q정전〉은 작가로서 루쉰의 이름을 전 세계에 알린 대표작이다.

아Q라는 인물에 대한 정전 형식으로 집도 없이 날품팔이로 살아가던 20대 후반부터 사형에 처해지는 30대까지 삶의 행적을 기록한 소설로, '아(阿)'는 성이나 호칭 등에 붙이는 접두사이고, 'Q'는 청나라 말기 변발의 모양을 상징적으로 표현한 것이라고 한다.

이름이나 본적도 분명치 않아 그저 비슷한 발음의 영어 표기를 따서 아Q라고 부르는 사내는 집도 없이 사당에서 지내며 날일로 생계를 이어가면서 일이 없을 때는 노름판과 술집에서 시간을 보낸다. 하지만 자존심 하나는 무척 강해서 "나도 옛날에는 잘나갔다."는 말을 입에 달고 살며 웨이좡 마을 사람들은 물론 과거에 급제한 도령조차 안중에도 없다. 콧대 높은 아Q가 단 하나 부끄러워하는 것은 변발한 머리에 또렷한 나두창 자국으로 사람들이 '나' 자만 꺼내도 노발대발한다. 욱하는 성격과는 달리 힘 한번 제대로 쓰지 못하고 번번이 두들겨 맞는 수모를 당하지만, 아Q는 "자식 놈에게 맞은 것이나 마찬가지"라며 정신적으로는 승리감에 젖는다.

그러던 어느 날 아Q는 웨이좡 마을의 권세 있는 자오 영감댁 유일한 하녀를 건드리려다 쫓겨나 성내로 들어간다. 몇 달

뒤 아Q는 번듯한 모습으로 웨이좡 마을에 나타났고, 사람들은 존경스러운 태도로 아Q를 대한다. 그러나 아Q가 성내에서 도둑 패거리의 심부름꾼에 지나지 않았다는 것을 알고 사람들은 또다시 아Q를 외면한다.

혁명이 일어나고 웨이좡 마을에까지 혁명의 기운이 퍼지자 아Q는 혁명 당원이 되어 마을 사람들이 자기 앞에서 두려움에 벌벌 떨게 하리라는 꿈에 부푼다. 그러나 다음 날 늦잠을 자고 일어나니 혁명은 자오 영감의 아들을 비롯해 구지배 계층의 자제들이 주도하고 아Q에게는 가담할 기회조차 주어지지 않는다. 혁명을 통해 주인이 되고자 했던 꿈이 무참히 깨진 것이다.

그러다 마침 자오 영감 댁에 도둑이 들고 아Q는 별안간 체포되어 성내에 들어가 심문을 받은 끝에 본보기로 처벌해야 한다는 주장에 따라 조리돌린 후 총살형에 처해진다. 아Q는 거리를 가득 메운 사람들의 눈빛에서 자신의 살을 파먹을 듯한 두려움을 느끼면서도 살려달라는 말 한마디 내뱉지 못하고 형장으로 향한다. 그리고 사람들의 기억 속에 아Q는 가장 신통찮고 시시한 사형수로 기억된다.

아Q는 병폐로 가득한 중국 국민성이 집약된 인물이라고 할 수 있다. 즉 중국인의 성향과 중국이라는 국가 자체를 상징하는 것이다. 루쉰은 의학교에 다니던 시절 죽임을 당하는 상황에서 멍한 눈빛을 짓고 있던 중국인들의 영상을 보며 국민정신을 개혁하는 것이 무엇보다 시급하다고 느끼고 의학 공부를 그만두고 문학에 투신했다. 그런 루쉰의 눈에 비친 중국인의 정신은 노예근성에 젖은 무기력함 자체였고, 이러한 현실을 아Q라는 인물을 통해 적나라하게 드러내고 있다.

아Q는 다혈질에 자존심이 매우 강하고 지극히 보수적이며 우매하다. 더구나 겉으로는 매번 두들겨 맞으면서도 기묘한 '정신적 승리법'으로 늘 의기양양하며, 강한 상대에게는 꼼짝 못하면서도 약한 상대는 괴롭히고 윽박지르는 비겁한 성격의 소유자다.

1840년 아편전쟁 이후 청나라는 거듭된 실패에도 현실을 직시하지 못하고 여전히 안으로는 과거의 영웅주의에 빠져 있었고, 이러한 분위기가 만연되어 하나의 국민성으로 자리 잡아 민족적 위기를 인식조차 하지 못했다. 루쉰은 이러한 민족성을 병폐로 보았고, 그것을 깨닫게 하고 개조하고 싶었다.

그러나 루쉰은 결코 희망적이지 않았다. 아Q의 죽음은 그토록 기대했던 신해혁명이 일어나고도 반봉건이라는 과제가 이루어지지 않은 것에 대한 좌절을 표현한 것이다. 뚜렷한 목적 의식 없이 분위기에 휩쓸린 결과 여전히 무기력한 노예근성에서 벗어나지 못함으로써 혁명은 부질없이 끝나고 말았다. "혁명당이 성내로 진입하기는 했어도 큰 변동은 없었다고 했다. 지현도 관직 이름만 달라졌을 뿐 그대로 있고,……군대를 이끄는 사람도 기존의 파총 그대로라는 것이었다." 이처럼 단지 이름만 바뀌었을 뿐 진정한 혁명은 이루어지지 않았던 것이다.

루쉰은 〈아Q정전〉을 통해 중국 사회가 나아가야 할 방향과 희망을 제시하는 것이 아니라 비겁하고 억눌린 노예근성으로 가득한 국민성과 절망적인 중국 사회를 집요하게 그려내고 있다. 그러나 이것은 루쉰이 제시하는 또 다른 희망의 길이라고 할 수 있다. 어둠 속에서 빛을 찾을 수 있듯이 비관적인 현실을 뼈저리게 자각할 때 진정한 혁명의 길을 찾을 수 있다고 믿었기 때문이다.


루쉰의 작품은 그를 둘러싸고 있던 현실만큼이나 어둡다. 그러나 루쉰은 비극적인 현실을 통렬하게 깨달음으로써 발전하려

는 의지를 불태웠다. 〈고향〉에서 루쉰은 조심스레 희망을 이야
기한다. 20년 만에 고향을 찾은 나는 생명력이라고는 없이 초
라하고 황폐하게 변한 마을과 고달픈 나머지 삶이 굳어버린 어
릴 적 친구의 모습을 보고 서글픔을 느낀다. 고향을 영영 떠나
는 배 안에서 다음 세대는 우리와 다른 삶을, 우리가 미처 누리
지 못한 삶을 살아야 한다고 생각한다. "희망이란 본래 있다고
도, 또한 없다고도 할 수 없다. 그것은 마치 땅 위의 길과 같다.
본래 없었는데 사람들이 지나다니면서 자연스럽게 생겨난 것처
럼."이라는 〈고향〉의 마지막 구절처럼 루쉰에게 희망은 좌절 위
에서 묵묵히 다져지는 것이었다.

# 아Q정전

**초판 1쇄 인쇄** 2015년 7월 13일
**초판 1쇄 발행** 2015년 7월 22일

**지은이** 루쉰 | **옮긴이** 북트랜스 | **펴낸이** 신경렬 | **펴낸곳** (주)더난콘텐츠그룹

**기획편집부** 남은영 · 민기범 · 허승 · 이성빈 · 이서하 | **디자인** 박현정 · 김희연
**마케팅** 홍영기 · 서영호 | **디지털콘텐츠** 민기범 | **관리** 김태희 · 김이슬 | **제작** 유수경 | **물류** 김양천 · 박진철
**기획** 추지영

**출판등록** 2011년 6월 2일 제25100-2011-158호 | **주소** 121-840 서울특별시 마포구 양화로 12길 16
**전화** (02)325-2525 | **팩스** (02)325-9007
**이메일** book@ibookroad.com | **홈페이지** http://www.ibookroad.com
ISBN 979-11-85051-68-0 04820